メディアワークス文庫

君が死にたかった日に、僕は君を買うことにした

成東志樹

目　次

前章 透過色彩の災禍

「買わせてくれない？」

頭上から声が降る。顔を上げた先にあった男の姿は見るからに身なりがよく、二月の明け方、冷たく凍った工事現場に不釣り合いだった。上等な革靴で、ほとんど汚泥となった土に踏み入り、座り込んでいる俺に視線を合わせるために腰を低くして、値段も分からない黒のスラックスで膝をつく。清潔な白いブレザーに泥が跳ねないか、他人事ながら心配した。

こんな場所で行う丁寧なその所作がひどく、傲慢に見えた。

美しい顔は相応しい自信に固められている。俺を含む周囲からほとんど敵意のような目を向けられていて、けれどものともせず、微塵も震えない澄んだ声で続ける。

ずいと近づいてきた視線は、愚直に俺の両目を捉えた。

「君の――」

宝石のような目だと思った。汚れていなく、綺麗で、澄んだ月のようなその目が、逃げ出したいほどまっすぐ俺だけを見ている。

その透過の目が、声が、微笑みかたが、その、心根が。

恐くてずっと嫌だった。


三階建ての個人宅というものを初めて見た。

奴の邸宅の前に立ったその日、思ったのはそれだけだ。それ以外はなにも考えたくなくてあえて思考を放棄した。だってこれ、うちのアパートの棟より敷地がある。

真っ白い壁に真っ白い屋根、修繕費というものをおおよそ度外視した美しい外観。遥か頭上には屋上もあるようだった。広いテラス……テラス？　ポーチ？　……一階の大窓から突き出した板の間、の上にはテーブルセットが見えて、敷地を考えると家屋の向こうには庭がある。

二メートルはあろうかという門扉の柵の隙間からは前庭が見えて、飛び石が建物までの道案内をしている。踏破するには数歩では足りないだろう。どうして。ただの個人宅の玄関なのに。なぜこんな広さが必要だと思ったのか？

インターホンを押したくなかった。メイドとか執事とか出てくるんだろうか。土木作業終わりの汚れたツナギの自分では、白い内装を汚すから追い出されてしまうのかもしれない。けれど押さずにはいられない。

たとえこれが詐欺だったとしても、あるいは人身売買だったとしても、一縷(いちる)の希望にすがる必要があった。

男——と言っても俺と同級だと言っていたから十六か十七で、少年と言ったほうが正しい——が突然やってきたのは今朝のことだ。夜通しの作業、道路端に座って同僚数人と朝飯がてらの休憩を取っていたら、迷いなく歩み寄ってきた。道でも聞きたいのかと思って顔を上げたが、奴はまっすぐ俺だけを見つめて、言った。

「買わせてくれない？」

困惑して聞き返すこともできない俺に奴は続けた。

「君の時間を、月二十万円で」

まず発された日本語を文章として飲み込むのに時間がかかった。そのうえで意味が分からなかった。どう考えても詐欺だろう。でなければ怪しい販売業だ。固まっている俺、情もなく散っていく同僚を意に介さず奴がさらさらと言った内容はこうだ。

月二十万円をやるから、言うことを聞け。

ちょっとなにを言っているのか分からない。

ひとりだけ辻褄(つじつま)が合っているような顔で説明を続けた奴は、一枚の紙切れを俺の手に握らせた。そこに書いてあったのはここの住所で、仕事終わりに話をしに来てくれ、ということだった。

怪しさしかなかったが、行かない選択肢はない。奴の話を鵜呑みにするなら俺は大金を手にできるかもしれない。

息を吸って、吐いて。覚悟を決めてインターホンを押す。反応はすぐにあった。

『坂田史宏さまですね、お待ちしておりました。どうぞお入りください』

名乗りもしていないのにインターホンからそう発された。もう嫌だ。ひどく帰りたがる心を叱咤し、自動で開いた門扉をくぐる。飛び石を踏むこと二十三歩。観音開きの玄関へ向かう階段を上り終えたとき、ゆっくりと扉が開く。

想像していたメイドとはかけ離れている。スーツを着ている。

「ようこそおいでくださいました」

言って礼をしたのは、穏やかな笑顔の若い女性だった。インターホンの声と同じだった。あまりに丁寧な所作、穏やかな口調は、嫌な感情を一滴も流出させずに俺を邸内へと招き入れる。

清潔さを異常なほど訴える真っ白なスリッパに足を入れ、ただ帰りたいと願う。

五畳ほどある玄関を抜けて、両壁に絵画が飾られた廊下——まるでドラマに出てくるような『金持ちの家』だ——を行き、リビングなのかなんなのか分からない広さの部屋を通って、案内されたのは一室の前。ノックのあと開かれた室内からは、跳ねるようなピアノの音が走り出てきた。

音楽の美醜なんて分からない。

それでも、どうやって奏でているのか見当もつかない複雑な旋律を、綺麗だと感じた。

部屋のど真ん中にグランドピアノが置かれている。学校でよく見るシンプルな黒のものではなく、どこでも見たことがないような、装飾で彩られた白いピアノだ。蓋の上部には彫刻が施され、脚はくるんと巻き上がっている。

椅子に座るのは奴だった。

「来てくれた！」

こちらをちらりと見て嬉しそうにそう叫ぶが、奏でる指は止まらない。手元を見ていないのによく弾けるものだ。ありがとうと女性に言い、ちょっと待っててねと俺に言い置くと、また正面を見て演奏に集中し始めた。背後で女性が退室する気配があり、ふたりきりの部屋に複雑な旋律だけが跳ね回る。受け止め方が分からず、棒立ちになるしかない。

奴は今朝とは違う服を着ている。皺ひとつない、アイロンの行き届いた白いシャツが眩しい。顔面の奇妙なほどの美しさも相まって、まるで洗剤のＣＭでも見ているようだ。

早朝、西川香月と名乗ったこの男は、いまは屈託のない高校生らしい表情を湛えている。いまも時折向けられる視線は、俺が来たことが本当に嬉しい、そういう温度だ。本当だろうか？　疑念を持って奴の目を見つめる。嬉しそうなのは本当だ。では何故(なぜ)嬉しいのか？

奴に利益があるからだ。

考えている間にも演奏が続く。流れていく旋律のなか、突然耳に慣れた音の羅列が流れる。なんだったろうかと考えて、思い当たって眉を顰(ひそ)めた。

電話の保留音だ。

「お待たせ。座って座って」

弾き切り、鍵盤から手を離した奴に示されたのは部屋の隅にあるテーブルセットだった。小さな円卓を挟んで椅子が二脚ある。勧められるままに着席する。

「話は」

うん、と笑顔で頷(うなず)いて、話し始める。かと思いきや。

「その前に、お茶を淹(い)れてくるね」

「いらない」

「紅茶は嫌い？　コーヒーのほうがいいかな。カフェインが駄目ならルイボスティーもあるし」

「なにもいらない。帰って早く寝たいんだ」

「学校には行かないの？」

無邪気な顔をして小首を傾げた。途端に毒気が広がる。

「高校には行ってない」

「退学はしてないでしょう」

調べたのか。一瞬怖気が走ったが、奴が無邪気でも無知でもないことは最初に会話したときから分かっていた。俺のことをなにも知らずに、ただ俺だけを目がけてあんな取引を持ちかけてくるはずがない。

「退学みたいなもんだ。どうせ単位が足りなきゃ留年で、そうすれば退学だ」

「でも――」

「話をしてくれ」

観念した奴は、ピアノ椅子からテーブルセットの椅子に座り直した。傍らにあるサイドボードの引き出しを開ける。取り出した封筒から出てきたのは札束だった。

「百万」

無邪気なほど屈託なく机に置く。まるでドラマの小道具だ。すらすらと奴は続ける。

「これだけあれば当面の生活費と、御母堂の葬儀代にもなるかと思う。あとはどうする？　日当制のほうがいいのかな。お父様を探すのならその費用を出してもいい」

どうでもいい言葉など入ってこなかった。

机上に鎮座する百万円は空想したよりもずっと薄い。奴の口から出る軽々しい話題と相まってグロテスクだった。稼ごうとして汗水垂らして働いても稼げなかった額の現金が、働いたこともないだろう奴の手から缶コーヒーのような気楽さで渡される。その所作は丁寧で気品に満ちていたが傲慢で下品だった。吐きそうにうねる胃と感情を味わいながら、やっとの思いで冷静な言葉を吐いた。

眩暈がする。

「まだ受けるとは言っていない」

「受けるんじゃないの？」

「目的を聞かせろ。詳細がなにも分からない」

「言わなかったっけ？」

「最初から。詳しく話せ」

数時間前に奴が言ったのは、時間を寄越せ、ということだけだった。意味が分からなくて仕事中ずっと腹が立っていた。俺になにをさせたくてそんなことを言う？

奴はなんでもない提案をするように言った。

「条件は三つ。

一、これからはきちんと高校に行くこと。

二、僕と同じ大学に合格して、一緒に通うこと。

三、僕の友人として振る舞うこと。

期間は最長五年。三か月ごとに契約更新。前金が百万で月額が二十万」

奇妙な取引条件だった。怪しむ視線を隠さない俺に、奴はすらすらと補足していく。

「これからは毎日ちゃんと学校に通って勉強してもらう。ちゃんと三年に上がって、大学入試を受けて、卒業して、大学に入学する。それで四年間通ってもらう。ちゃんと卒業したらそれで終わり。お役御免、君は晴れて自由の身。そのための最長五年。正確には、五年と一か月だね。キリが悪いから最初だけ一か月更新にしよう。ほら、契約書も作ったんだよ」

同じくサイドボードからコピー用紙を取り出す。そこには確かに「契約書」の文字と、俺のサインを書き込む欄がある。

「そんなことにお前が金を払う意味は？」

「僕さ、友達いないいんだよね」

「は？」

知るかよそんなこと、と頭に降りてきたが破談になってはいけないので飲み込んだ。笑顔が表情には十二分に出ていたはずだが、真正面に座る奴が気にした素振りはない。崩れない。

「だから、同じ大学に通って友人として振る舞ってほしいんだ。そのためには高校を卒業してもらわないと困るし、勉強してもらわないと困るし、入試をパスしてもらわないと困るってこと」

「どうして俺なんだよ」

ただ友人のフリをしてほしいのなら、俺でなくてもいい。同じ高校の人間でもいいし、大学に入ってから適当に声をかけてもいいはず。意外な質問でもないはずだ。けれど奴は黙った。動揺はしていない。微笑んだまま沈黙しているから、こちらの反応を見てからかっているのだろう。

やはり嫌な奴だった。

対抗するように沈黙のまま待っていたら、やがて言った。

つややかな、高価そうなペンを差し出して。

「君は受けるしかないはずだから」

本当に腹が立つ。

図星だからだ。

動かすたび軋(きし)む扉を開けて帰宅する。

築六十年は過ぎているだろう古びたアパートだ。玄関を開けてすぐにキッチンに付随する三畳の狭い部屋、奥には六畳間。それだけが俺の『家』というもので、西川邸から帰ってきたいまはいつもよりずっと狭く見える。きっとあの玄関より狭い。六畳間には直敷(じかし)きの布団とちゃぶ台が、牽制(けんせい)し合うように陣取っている。ピアノなど置いてしまえば寝る場所がない。

父が蒸発、母が他界して、十六歳だった俺はひとりで生きていくことができず、形式上親戚に引き取られた。金は払わない。身元だけは保証してやるから自分で稼いで生活しろ。父方の親類らしい物言いで彼らはそれだけ言って去っていった。

高校はもうしばらく行っていない。どうにかバイトと両立しようとしていたが、やがて無理が来た。高校生が生活できるほど稼ぐには体力が要った。体力は無尽蔵ではないのだ。このままでは卒業は難しく、であれば大学など行けるはずもない。

別になんてことはない、よくある身の上話だ。

家に帰れば、風呂に入り着替えて寝る。寝る前の食事は取らない。節約のためだ。

ずっと干していない布団のなかで俺は、ふわふわと、夢を見ているような気分だった。

今朝のことを思い出してもあれが現実だったとは到底思えない。

三階建ての個人宅からは使用人が迎え出てきて、家のなかは膨大に広くてどこまでも清潔で。全く別の世界の話のようだった。異世界へ渡り戻ってきたようだが、そうでないことはよく分かっている。

鞄のなかの百万円が嫌でも知らせて来るのだ。

自力では手の届かないものが幸運にも転がり込んできた。詐欺？　危険？　もしそうであっても構わない。枕元に視線を這わせれば、仏壇もなにもない、床に敷いただけの布の上に骨壺が置かれている。

母だった。

墓に入れる金も、葬式をする金もなく、仕方なくここにいる。

どれだけ遅くなってもきちんと墓に入れてやりたかった。葬式をしてやりたかった。

——御母堂の葬儀代にもなるかと思う。

——買わせてくれない？　君の時間を、月二十万円で。

——君は受けるしかないはずだから。

奴は綿密な調査と下準備をしているようだった。そのうえで、非常識で傍若無人な提案をする人間だ。口ではなんと言っても、五年で解放されることはないだろう。金が支払われるのもいまだけで、そのうち犯罪の片棒でも担がされてむしろ強請られるのかもしれない。

そうなっても構わないのだ。

母は死に、父は消えた。頼れる縁も学もない。自分の未来なんてそう大したものではないから、なげうったところで損らしい損はない。

なにより大事なのは、いまここに百万があるということ。

母にしてやりたいことすべてが叶うという現実だった。


「卒業する気はあるのか」

ほとんど恫喝のような口調だった。巧みに子ども扱いと大人扱いを使い分ける生徒指導教諭、佐田の表情はあからさまに険しい。それはそうだろう、俺が問題を起こさなければ余計な仕事をする必要もなく、その分早く帰れる。

二か月ぶりに登校した高校。放課後、すぐに生徒指導室に呼ばれた。後ろでは学級担任がばつの悪そうな表情でこちらを見ている。佐田のほうは見られないようだ。

「あります」

簡潔に答える。これはただの儀式。式次第を的確にこなしていけば終わる。

「ならいいが。足りない単位はレポートで補うように」

「はい」

背筋を伸ばして、快活を重んじて返事をする。わざとらしくならないように。俺も教師たちも早く帰りたい。目的は一致しているのだから、遂行も容易いはずだった。

しかし、佐田はいやらしく笑った。

「バイトに明け暮れるのもいいが、本分は勉強だ。お母さんが亡くなってショックなのも分かるが、やるべきことはきちんとやって当たり前だからな」

なにが分かるのか具体的に言ってくれないだろうか。

いま俺のやるべきことと言えば生活費を稼ぐことで、そのためにここにいる。教師の小言を聞くためや勉学に励むためじゃあない。

あまりに有り難い言葉だった。ひと月分の学費にもならない。笑いとため息が出そうになるが、そういうときの表情の作り方も分かっていた。笑顔で、嫌味なく。たとえ相手が嗜虐心(しぎゃくしん)から言っているのだと分かっても、耳を伏せ腹を見せる。害意も敵意も見せてはならない。俺に抵抗するだけの力は、社会的にも経済的にもないから。

もっとひどいことにならないように。

「はい」

「金に余裕がないなら、親戚の方と相談しなさい。仕送りを増やしてもらえ」

「そうしてみます」

仕送りなんてもとからない。それだって一度ならず伝えたはずだ。

いつだって同じ言葉を返す。

――そうしてみます。

――ありがとうございます。

——また相談させてください。

大人の後ろ盾のない未成年は大抵侮られる。大丈夫かと聞かれて、その裏に流れる別の期待に気が付いたのはいつだったろう。余計な仕事を増やさないでくれという期待に応えて大丈夫だと淀（よど）みなく返せるようになったのは。そう言いながら笑えるようになったのは。

楽しげな暴言も、好奇心を隠せていない心配のふりも、以前は随分と反発していた。その反応さえ相手の心を満たすものだと段々と気が付いて、抵抗するのを辞めた。助けなどはないのだと知って、手を伸ばすことの無意味さを味わった。

多少危険でも物理的な現金を渡してくれる奴のほうが、随分優しいように思える。

「行っていいぞ」

「失礼します」

生徒指導室を出てそのまま靴箱に向かう。表出するほどの悔しさもない。スマホを見ると十七時になるところだった。西川邸に行かなければならない。

足早に向かった生徒玄関に腰掛けていたのは、豊田（とよた）だった。

「終わった？　佐田の説教、クソ長（なげ）えの」

「悪い、待っててくれたのか？」

「いや久しぶりだったから顔見に」

「ごめん、俺これから用事」

「じゃあ途中まで一緒行こ」

靴を履くと一緒に歩き出す。豊田は一年の時に同じクラスだった。いまは違うクラスだが、唯一気の許せる友人だ。

着崩した制服の袖を弄びながら尋ねてくる。

「バイト？」

「まあ、バイトと言えばバイトだな……」

「工事のやつじゃなくて？」

「あれは今週で辞める」

「え、大丈夫なん？」

「あー、なんていうか金持ち？　に雇われて？　割の良い金額が……」

「いやもっと大丈夫なん？」

「正直、分からん」

「やべえバイトはやめとけよぉ」

冗談めかして背を叩かれる。真剣にも深刻にもならず、すべてを笑い飛ばす豊田の隣は居心地が良かった。

生徒玄関から正門への前庭を半分ほど行ったところで、門前に滞っている生徒たちに気が付いた。その注目は一か所に集まっている。

「わ、レクサスじゃん」

「レクサス？」

「高級車」

親が整備工をしている豊田には分かるようだが、俺にはなにも分からない。ただ、嬉しそうに近づく豊田の表情と反比例して俺の顔は曇っていく。レクサスと呼ばれたでかい車の、開いた車窓から見える人間に見覚えがある。

「さっちゃん！」

奴は明らかにこちらを見てそう呼んだ。背後を確認したが誰もいない。向き直ると奴の視線をまともに受ける。生徒たちの刺すような視線と一緒に。ついでに豊田の視線も。

さっちゃんってなんだ。坂田のさっちゃんか。

「知り合い？」

「こ、雇用主……？」

「さっちゃん、さっちゃん」

手招きをされる。引きつる顔を必死に押さえて歩み出た。動きに合わせて生徒の視線も付いてくる。

「ここで待ってれば会えると思った。迎えに来たよ」

「そういう話は、なかったはず、ですよね……」

「だって絶対こっちのほうが早いし。乗りなよ。ご友人もよろしければいかがです？」

　ご友人もよろしければいかがです？

ではない。普通の、少なくとも俺の周りの人間はそんな言い方はしない。「友達？　乗ってく？」が精々だ。そう言われれば「いいの？　乗ってく！」と答えるタイプの豊田も俺の二歩後ろからひとつも進んで来ない。

「いや、結構……です」

「そう？　じゃあさっちゃん乗って」

開いた扉から伸びた手に鞄を引かれ、半ば無理やり車に引き込まれる。豊田は作り笑顔で手を振っている。助けてくれることはないようだ。そういう淡白なところが気に入ってつるんでいるから、いいのだが。

　奴は言った。

「では、ごきげんよう」

　ごきげんようってなんだ。思う間に奴は手を振って車は発進する。集まっていたうちの生徒たちはつられて同じように手を振っている。お上品な振り方で。

　注目が集まっていたのは車ではなく、奴のお綺麗な容姿なのだろう。

　あっけに取られる俺のことなど意に介さず、すらすらと言葉を寄越してくる。

「シートベルト締めて。あと、雇用関係のことは誰にも言わないでほしいんだ。言ってなかったけど」

「はあ」

豊田にはバイトだの喋ってしまったが、それは言わないでおく。やはり詐欺だから情報を漏らされるのは都合が悪いのだろうか？

「友人やってもらうからさ、雇用関係だってバレるとまずいでしょ。あと敬語やめない？　同級生だし」

「一応、雇用主なので」

「じゃあ業務命令。敬語禁止。友人に敬語はおかしいでしょう。バレるバレる」

「めんどくせーな……」

「お、いいねその調子」

奴の笑顔が鬱陶しくて目を逸らした。

運転席には、昨日玄関で迎えてくれた女性が乗っている。ルームミラー越しに目が合って、微笑まれた。

「ねえこれから毎日学校終わりに家に来てもらうことになるんだけど、迎えに行ってもいい？　さっちゃんの高校ちょうど僕の高校と家の間にあるから寄れるんだよ」

「遠慮したい」

「そのほうが勉強する時間取れるしね。さっちゃんの高一のときの模試見たけど合格が絶望的なんだよ。二年になってほとんど行ってなかったわけでしょ？　さらに大変だよね」

「決定権がないな……」

「業務だからねえ」

「一年前の模試の成績を見られるのも業務か？　個人情報だが」

「もうしないよ。事前準備に必要だっただけ」

表情は変わらなかった。なにをどこまで調べたのか。金にものを言わせれば、方法なんていくらでもあるだろう。

どこまで知られているのか。

考えて、詮無いことだと思ってやめた。家庭の事情なんて調べればすぐに出てくるだろう。知った上で声をかけてきているのだから、わざわざ俺が気にすることもない。

車は西川邸に到着し、自動で開いた門扉の間をすり抜けた。二度目に見る邸宅は昨日より白々しい白だ。

横付けしたとき、見計らったように玄関扉が開いた。出迎えたのは奴と同じ顔をした女性で、一目で血縁だと分かる。促されてやっと降りた俺を見て、奴と同じ透明な笑顔で言った。

「さっちゃん、おかえりなさい。香月もおかえり」

声の透明度まで似ていて辟易とする。さっちゃん呼びについては言及する気力さえもう起きない。

「ただいま。さっちゃん、姉さんだよ」

ひとつの屈託もなく、それだけ言い置いて奴は邸宅に入る。靴を揃えて脱いでスリッパを履いて行ってしまった。あとに俺と西川姉が残される。

「西川香澄です。これからよろしくね」

「……よろしくお願いします」

なにをお願いするのか分からずに言ったら、疑問に答えるように彼女は一層深く微笑んだ。

「ふたりの家庭教師です」

引きつる顔をどうにか留めた。この綺麗な顔、高級な人間ふたりに囲まれてお勉強。うんざりしつつどうにか歩を進めて、昨日通ったリビングらしき部屋に入ると、奴の後ろに隠れるように幼稚園児くらいの女の子がいた。奴にはあまり似ていない。親戚なのだろうか？　首を傾げているとまた背後から声がした。

「千愛ただいま。ご挨拶した？」

運転手の女性だった。促されて、女の子がおじぎをする。

「桝月(ますづき)千愛、です」

「桝月優梨愛(ゆりあ)です」

隣に立った運転手の女性まで一緒に礼をした。

「申し遅れまして。西川家の運転手をしております。こちらは私の娘」

桝月さんと、娘さん、西川姉。

三人の笑顔の間から、奴の透明な笑顔が出てきた。眩暈が増幅する。

「これからよろしくね、さっちゃん」

これから五年。提示された金額は月に二十万円。絶妙な金額だと思う。目を見張るほど高いわけではないが、高校生の身分ではそう手が届かない。贅沢(ぜいたく)をしなければ十分に暮らせるが、散財してしまえばすぐに尽きる。

夜通し肉体労働をするより、普通に高校生活を送ったほうが多くの金銭を得られる。そんな上手(うま)い話があるはずもない。

最悪で最高の仕事だ。

「香月さんのこと、嫌いにならないであげてくださいね」

運転席の桝月さんが言ったのは、その日の帰路のことだった。

後部座席で、はあ、と生返事をした。そんなことを俺に言われても困る。

「本当に、良い子だから」

はあ、とまた生返事をする。身には疲労感が蔓延している。気疲れだった。西川姉の指導のもと、俺は中学範囲を、奴は高三の範囲を勉強していた。しばらくすると西川の両親が帰宅した。やはり血縁だと分かる柔和な雰囲気と底抜けた優しい笑顔だった。勢いのまま夕食を御馳走になり、歓談に参加し、奴のピアノを聴かされ、邸宅を出たのは午後九時を過ぎていた。

「こんな時間に送迎させる雇用主が、良い子ですか」

思わず悪態をつく。

車窓の向こうも車のなかも暗闇で満ちている。

ひとりで帰れると言ったのに、送るよう桝月さんに指示したのは奴だった。有難迷惑にもほどがある。ボロアパートにこんな立派な車で乗りつければどこまでも悪目立ちする。

「私はいいのよ。好きでやってるところもあるし。お屋敷のすぐ近くに住んでるし。というか、住まわせてもらってるの」

窺うようにルームミラーを見ると、桝月さんはやはり笑った。奴と同じような無垢な笑み。

独特な笑いかただ。どこが、とは言葉にできない。けれど確実に異なる。俺や、俺の周りにいる人間とは随分違う。懐の深そうな笑いかただ。昼間の揃って綺麗だった笑顔を思い出せば、惨めさがじわりと染み出す。父も母もそんな笑い方をしなかった。

俺だけ、と思う。ここでは、俺だけがおかしいみたいだ。この心根から。

「シングルマザーなのね。困ってるところ拾ってくれたのが西川家だった。近くに格安で住まわせてもらって、仕事の融通利かせてもらって、本当に良い方たちだから、信用していいのよ」

「できませんよ、人の五年を金で買うやつのことなんて」

苛立ちまじりにそう言った。突然来て金に物を言わせて、人に言うことを聞かせる。予告なしに迎えに来て、問答無用で攫っていく。あまつさえこんな時間まで留め置いて、従業員に送らせる。その横暴さは父親のようで、心がじりじりと焦げていく。

「ま、そうよね」

桝月さんは簡潔にそれだけ返し、言い募ることはしなかった。どこからどこまでが詐欺なのだろう。誰から誰までが騙しているのだろう。分からないことばかりだ。

「分からないことがあればなんでも聞いて。西川家に雇われている者同士、仲良くしましょう」

「……そうですね」

思えば、いつだって信用できる人間はいなかった。

誰が信用できるのだろう。誰も信用しない。教師や親でさえ信用できない。そうすることがいつだって正しく、自分を守るための最低限だったから。

豊田がもう懐かしかった。母の骨壺を思い浮かべた。

車は屈託なくボロアパートの敷地に入っていく。不釣り合いな車体から不釣り合いな人間が降りてくる。

「また明日！」

桝月さんは言った。俺は振り返らず、錆びて軋む鉄製の階段を上がった。のぼりきったところで視線を上げると、部屋の前に座り込む人影がある。

「あの車、今日のじゃん。こんな時間までバイト？」

豊田だった。

「またか」

軽くからかうように言うと、ごまかすような笑みが返ってくる。豊田はコンビニのビニール袋を傍らに、部屋の前に座り込んでいた。さらに向こう側には、豊田の七歳の妹、涼花がいる。

「飯食おうぜ。腹減ってんだろ」

部屋に入れると勝手に布団をよけてちゃぶ台を出し、載せた袋から弁当を取り出す。

それからお菓子、二リットルのジュース。

「飯、食ったわ」

「いつも食ってねえのに」

「でもまあ、ありがたく。なんかやたら腹が減るんだよな」

「成長期じゃね？　また背が伸びるんじゃねえの」

「これ以上要らん」

交換条件だと思っているらしい。

土産に食べ物を持ってくるから、泊めてほしい。言ったのは高校一年の六月。仲良くなり始めたころ、母が入院していて父が消えてひとり暮らしになっていると言ってからだった。行き場のない豊田と金のない俺の利害が一致した。

学校にいるときと変わらない笑顔の頬には、赤いあざができている。昼にはなかった。

「今回は避けられなかったのか」

「やっぱむじいわ」

「消毒液あるけど」

「切れてんの口のなかだからな。やめとく」

コップを出してやると、豊田の妹の涼花が自分で注いでいく。俺や豊田の分もそうして作ってくれるのだから、随分といい子に育っていると思う。彼女の顔や腕にはあざがなかったので少し安心した。

「涼花、大丈夫か」

「うん、だいじょうぶ」

初めて来たときには、知らない場所と知らない人間に緊張して一言も喋らなかったのだが、いまでは随分と慣れてくれた。話しかければ答えてくれる。ただ、臆病な瞳は相変わらず、こちらを見ない。

弁当を食べて、満足した涼花は敷かれていた布団でそのまま寝てしまった。

「へえ。それで、給料いくら？」

「月に二十万」

「めっちゃいいじゃん」

一切合切の事情を話した。情報漏洩など今更だ。豊田は感心したようにそう言った。

なにそれ、どんな金持ち、とポテトチップスを摘みながら聞いてくる。

「知らん。知らんけど、明らかに金持ち」

「この辺にそんな家あったっけ」

「車で二十分くらいか。山のほうでさ、白いデカい家」

「へえ、どこ高のヤツ」

「白崎皆城」

「私立の金持ち校じゃん。あの白ブレザーのとこだろ。知り合いさえいねえわ。なんで坂田なん？」

「くじ引きでもしたんじゃないか」

どうして俺なのか？　本当にそう思う。豊田ではいけないのだろうか。近隣の高校生を調べたのなら、当然候補には入るはずだ。俺よりずっと頭も要領もいいし、うまくやるだろう。

「で、いつまでやんの」

「とりあえず、母さんの葬式あげるまでは」

「葬式？　やってなかったっけ。もう一年経つだろ。墓がねえのは知ってっけど」

視線で骨壺を示す。母が死んでから最初に部屋にあげたとき、豊田はそれが置かれていることに怖がらず、おふくろさんか、と訊いた。肯定すれば手を合わせた。

「焼いただけだったんだよ、法的に必要なことしかできてなくて」

豊田がこちらを見つめる。その温度にひどく安心する。余計な温かみのない、深い慈愛もない、ただあるのは同族意識。最低限の心配。ベースは損と得。俺にとっての適温だった。

奴の家は、あの家族は、目が恐かった。揃って透明な目をしている。それはきっと性質の清浄を表すものではない。見透かされるような――俺の浅い底も、隠しておきたい汚れた思い出もすべてを知られてしまうかのような、賢く聡い視線だった。

得体が知れなくて恐いのだ。俺にとっては未知の生物も同じだった。

「百万もあれば葬式とかやっても余るんじゃね？」

「いや、葬式やって墓買って、病院の借金を少し返せるくらいか。足りないな」

「あらま。そっか」

豊田はあまり感情のない声でそう言った。性格の相性とは別の場所で、惨めな感情で、俺たちは親近感を結び合っている。同じだから安心できる。

程度の低い仲間意識だ。

「葬式やったら、どうすんの」

「さあ。……考えてない」

「嘘つけ」

だから、責めるでもなくそう言ったことに驚きはなかった。境遇が似ていれば、味わった感情が似ていれば、思考の方向性もなんとなく似通ってくる。豊田は分かっているのだろう。けれど止めることはない。それを俺は、優しさだと認識した。無責任に止めるよりずっと、暖かく感じられる。

豊田は俺の布団で穏やかに寝息を立てる涼花を見た。俺に向けるものとは違う、身内に向けるに相応しい視線だ。

「坂田、やっぱ俺もう限界かも」

冗談めかして笑う表情で言ったそれが、本気であることが分かった。

「このままじゃ駄目なんだよ」

「母親は？」

「相変わらずだよ。どうにもなんね」

暴力をふるうのは豊田の実の父であるらしい。幼い涼花を殴ることはないものの、豊田や母は標的にされる。涼花が危害を加えられるのも時間の問題だと豊田は言う。母が殴られているときに豊田は止めるが、豊田が殴られているときに母は止めることもなく隅で怯えている。

豊田は父が暴れ始めると、涼花を連れていつもここに来た。

昔の自分のようだった。幼いころ、母の病気が発覚する前、酔った父が母を殴ることが時としてあった。そのときの俺はただ逃げ場が欲しかった。見たくなかったし感じたくもなかった。怒声も悲鳴も鈍い殴打音も。だから、豊田兄妹の避難場所としてこの狭い部屋を提供することにしたのだ。

「おふくろさん、連れて来てもいいんだぞ。狭いけどな」

「いーよ。あの人は好きであそこにいんだよ」

プラスチックのコップを傾けながら、豊田は涼花を再度見遣る。熟睡していることを確認しているのだろう。やがて口を開いた。

「なあ坂田、思ったことねえ？　なんで母さんは、泣くばっかりで助けてはくれねえんだろうって」

「ねえよ」

間髪容れずに応答する。思ったことはない。そんなこと。

なのにどうして、こんなにも心が不愉快に波立つのか。

「大人にしかできねえことってあるだろ。言ったっけ、俺一回涼花連れて施設に行ったことがあるんだよ。涼花だけでもここで暮らさせてくれって。普通に家に連絡されて、母さんが大丈夫ですって言って連れ戻されたけどな」

「大丈夫じゃないだろ」

「あの人にとっては大丈夫なんだろ。バランスが取れてると思ってんだよ。なあ坂田、俺分かったよ、母さんは選んでんだよ、いつも選んでんだ。自分が殴られることも、俺らが殴られることも、涼花がそれを見ることも。自分の安全と俺らの人生を天秤にかけて、自分の安全を選んでんだ。それに俺が、涼花が、付き合わされる義理なんてねえよ」

「だから、出て行くのか」

ここに初めて来たときに、豊田はその計画を話した。

高校を卒業したら、涼花とふたりでこの町を出て行くと。

「俺はさ、もうここまで育っちまったから、今更怖いとか苦しいとかどうでもいいんだよ。もう慣れてて、抜けないものはもうきっと抜けなくて、それでも自分でなんとかできるから。けど涼花はさ、涼花は駄目だろ。涼花はこれからなんだよ。いままではもう駄目になったけど、これからは俺の選択次第でどうにでもなるんだよ。分かるだろ？」

「分かるよ」

大人にしかできねえことがあるんだよ、と豊田はまた言った。

「あと一年で卒業だろ、俺ら。大人になれんだよ」

自分に言い聞かせて鼓舞しているようで、けれどその目に揺らぎはあっても迷いはなかった。強い目だと思った。怯えに打ち勝つ責任感がある。

それを俺は、遠い世界の物語のように眺めた。

お前のように妹がいれば、そんな感情を持てたのか。親を殺したいほど憎んでなお、人に愛情を向けられたのか。

同じ、父を嫌う息子という立場なのに。

俺にはそんな感情はない。

もともと持っていたのかどうかさえ、もう分からない。

聞きたかったが、あまりに独りよがりな質問だと思ってやめた。

翌早朝、豊田は涼花を背負って家に帰った。


宣言通り、奴は毎日車に乗って迎えに来た。毎日西川邸に連行され西川姉の授業を受け、西川一家と桝月さんと娘さんと食卓を囲んだ。夕食後、ふたりでピアノ部屋に移動して奴の演奏を聴く時間が、奴の意向で何故かいつも発生するらしかった。

そんな生活が一か月ほど続くと、いい加減疲労も積み重なる。精神的な疲れと、肉体的な疲れ、なにより慣れない勉強をして発生する頭脳の疲れが最高潮に達している。

雇用主の前では見せないようにしていたつもりだったが、態度に出てしまっていたのだろうか。奴がその微笑みを珍しく心配そうな表情に換えて言ったのは鍵盤に指を這わせたその瞬間だった。

「しんどくない？」

うまく返せず、動揺だけをどうにか隠した。

奴の細められた目をじっと見る。なにを考えているのか。

分からない。

「しんどくはない」

「そう？　母さんも父さんも姉さんも、騒がしい人だからさ。さっちゃんのことを知りたいってずっと言ってるから、結構質問攻めになってるなって思ってて」

「知ってるのか?」

なにを、と奴は聞き返す。その表情があまりに『ただ聞き返しているだけ』なので、自分ばかりが後ろめたく気にしているのかと、疲労感が増す。

「俺が、雇われてここにいるって」

「知ってるよ」

ぽろろん、とリズミカルに音が鳴る。指の動きからは想像もできない、意味を持つ音だった。ご機嫌で、足取りの軽そうな音だ。

「みんな知ってる。全部」

「止めないのか」

当たり前のことを尋ねられて思わず噴き出した、そういう笑い方を奴がした。

「止めないよ」

あれだけ善良らしい人間たちが、こんな人身売買まがいの行為を止めないのか。

「まあ、さっちゃんの負担になってないならいいよ」

あ、そうだ、と奴がピアノ椅子から立ち上がる。いつかのようにサイドボードを開けて、取り出した封筒と紙切れを丸テーブルの上に置く。ピアノの音が止(や)んだ空間には、紙の擦(こす)れる音だけが聴こえる。

「はい今月分。お疲れ様でした。あと更新月だから、契約書にサインを」

言い置いてまたピアノに戻る。ご丁寧にペンも置かれているので、俺は大人しく椅子に座ってサインをする。

すぐに、先程よりも意思を持った旋律が響く。耳障りだった。昨日も、おとといもそうだった。奴は決まって同じ曲を弾く。必ず一度は、その曲だけは弾いた。曲名は知らない。ただその旋律は耳に染みついている。

皮肉なことに、奴のお気に入りの曲は俺の嫌いな曲だった。

ピアノを聞いている間も、耳に鳴るのは同じ音階の電子音だ。

俺に音楽は分からない。分からなくても聴いていて、と言ったのは二週間前のことだ。これも業務の一環だと。

じっと奴の顔を見る。人間のほうを向いていないときですら、体温の高い目をしている。幸せしか知らないような顔つきだ。

高校にも行けず、卒業もままならなく、なんなら生活費もない。母の遺骨はどこにも収まらず部屋に転がっている。金をちらつかせれば従うのは目に見えている自分とはあまりに差がありすぎる。奴は、自らの心が納得したことだけに手を付けて生きていけるのだろう。

この状況を構成するどれひとつにも理解が及ばない。けれど。

封筒に入った二十万を見る。

理由や動機がなんであれ、それに対する俺の感情がどうであれ、奴の気まぐれのおかげで金銭を得られているのはどれほど不本意でもごまかしようのない事実だった。それに俺が助けられていることも。

事情をすべて知られているだろう奇妙な安心感と、後ろめたさ、なんなら疲れも影響したのかもしれない。

演奏を終えた奴に、気付けば俺は尋ねていた。

「お前、来るか」

え？　と振り返る表情に疑念の色はない。

「母親の葬式をやる。来るか」

金を出すのは元はと言えば奴なのだから、一応声をかけておくのが道理だろう。そう言い訳をしながら言う。

「いいの？　邪魔じゃない？」

「どうせ、誰も来ない」

奴は俺の言葉を受けて驚くことなく、納得したように笑んだ。

「誰も来ない。俺しかいない」

奴は明朗に言った。

「行くよ」

寂しかったのかもしれないな、と思ったのは、その日ボロアパートに帰り着いたときだった。

誰にも知られず、自分がいくのが。

葬式は二週間後に行った。緩く雨の降る天気だった。結局、葬式の知らせは誰にも出していない。母親の両親はもう死んでいるし、友人もいないようだ。父親の行方は依然知れず、携帯の番号に留守電は入れたが折り返しがない。知らせを出す宛てがひとつもないのだった。

朝早く起きて部屋の掃除をした。多いときは両親と三人、ここに住んでいたのだ。細かい埃はいくらでも出てくる。

その割に物はないから、捨てるものもない。それでもゴミ袋に詰め込む。冷蔵庫の中身、箪笥の奥深くで縮こまった服、教科書、ノート、今日は使わないスニーカーに通学鞄。目につくものを、剝ぎ取るように。もう戻らなくてもいいように。

母の遺品は捨てられなかった。あまりにも覚悟がないなと、少し笑えた。捨ててやる適任はきっと、俺だろう。

喪服は持っていない。入学当時に中古で買った、しわだらけの制服をどうにか伸ばして着る。片手に母の骨壺を、もう片手に一杯になったゴミ袋をふたつ、摑んで家を出た。家の前の集積場に袋を置いた。きょうは日曜だから回収はない。明日の朝になくなるだろう。

母の骨壺ひとつを抱いて斎場に向かう。

見知った道を歩きながら、感傷的に昔を思い出す。幾度となく通ったけれど、家族の思い出というものはあまりなかった。

俺が中学生のころに母は病に倒れ、それからは看病と、父親と自分の世話ばかりしていた。三人で出掛けた記憶もそう思い当たらない。母が元気だったころまでさかのぼっても。

あるのは満ちた酒のにおいと、父の怒号と母の泣き声だ。

精神が絞られるような、低い冷気が胸に痛みを思い出させるような感覚は、いままでは俺のなかにしかなく誰とも共有できない。冷たさは指先を冷やすように常に責め苦をもたらした。それを擦ってくれる母の手が消えたとき、多分なにかが枯れたのだ。

なにもかもが他人の顔をしていて、愛着が持てなかった。物にも、人にも、心にも。いつかは俺を置いていくのだという諦めが消えない。それが特に嫌だとも思えない。

世界はいつも冬の色をしている。

俺には、この世界を愛する根拠がない。

斎場に着くと小綺麗(こぎれい)なブラックスーツを着た奴がいた。車はなく、桝月さんもいなかった。奴は葬儀屋と俺の行う準備を座って眺めたあと、最初の焼香をした。

手を合わせたまま、ずっと目を開かない。本当に、こちらの体感時間が緩く感じられるほど、長い間そうしていた。

なにも言うことはないはずだった。奴と母には面識がない。沈黙のなか交わされている会話を夢想しながら、ずっと奴を見ていた。

終えた奴は当然のように、俺の隣に座った。

頼んでいた僧侶の読経をふたりで聴いた。それが終わると沈黙が続いた。葬儀屋も奥に引っ込んで、広い会場にふたり、並んで座り続けている。予約の関係であと三時間はこのままのはずだ。来るような客もない。

緩い雨は本降りになったようだった。耳に雨音が入り、それに隠れるように奴が呟(つぶや)いた。

「お父様は」

「つながらない。お前、居場所を知ってるのか」

「詳しくは知らないけど、調べることはできると思う。知りたい？」

「いや、いい。どうせ来ないだろう」

そう、と短く返された。

どうなのだろう。本当に、来ないのだろうか。俺の葬式ならともかく、母の葬式であれば来るかもしれない。父は母のことを愛していたはずだから。

けれど会いたくはないし、来てほしくもなかった。ましてやここには奴がいるのだ。見られたくはなかった。あの身内のことを。

あれが自分の父親だと思わない。思いたくない。

それでも母の夫だった。母が愛し、母を愛したはずの人間だった。

どうしようもなく俺のはんぶんを形づくった、父親だった。

雨が耳を塞ぐ。それをごまかしたくて奴に話しかけた。

「帰らないのか」

「終わるまでいるよ、そのあと一緒に帰ろう」

「どこに」

「僕の家」

決定事項のようだ。奴が断定的に言い切るとき、覆すのは困難だといい加減学習しつつある。

「いいけど」

投げやりに返事をして、恭しく祭壇に置かれた骨壺を見た。奴の家に行くのなら、そのまま置いていってしまおうか。誰も見舞いに来ない墓に入れられるより、知らない人間でも西川家の管理下にあるほうが幾分か幸せかもしれない。

「お母さまは、どんな人だった？」

どんな、と口のなかで転がす。去年の三月に死んだ母親だった。病人らしい細った身体と血の気の薄い顔色がまず思い浮かんで、違う、と思う。あれが母ではなかった。もっと快活で、優しい人間だった。最後の姿が本質ではないはずだった。のに、出てきたのはあまりにもな言葉だ。

「幸せな人ではなかったと思う」

奴は否定も笑いもせずに聞いた。驚かないのは知っているからだろう。なにをどこまで知っているのか、いっそ調査結果を見せてほしいくらいだ。そうすれば、きっとなにも話さなくてもいいのに。わざわざ口に出さず済むのに。

「病気になってても病気になってなくても、きっと父に怒られ続ける人生だった」

心臓病が判明したあと、母は仕事を辞めて、入院しては自宅療養の繰り返しが始まった。裕福な家ではなかったから医療費を捻出するのも次第に難しくなる。当然そこは削れないから、生活を切り詰めることになる。

耐えられなかったのは、俺や母より父親のほうだった。元からあまり真面目に働く人間ではなかった。十分な金を稼げる人ではなかった。あらゆる世話を母にさせ、酒ばかり飲んでいた。金がない、金がないと口癖のように言って病苦の母をよく怒鳴りつけた。お前のせいだ、と何度聞いたことだろう。母に言う言葉として。俺に言う言葉として。

——お前のせいで金がない。

そう。金がない、それが諸悪の根源だったのだ。

金さえあれば、壊れなかった。金さえあれば、幸せは続いた。

……そんなことはない。

金なんてあってもなくても、遅かれ早かれ崩壊していた。違う、すでにもう、本当は、俺が物心ついたときから、崩壊し切っていたのかもしれない。きっかけが母の病気であったというだけだ。幸せなんて本当は、どこにも、ありはしなかった。

父が家に帰らなくなったのは高校の入学式の数日前だった。家に帰ると父がおらず、そのまま戻ることはなかった。驚きや悲しみより納得が勝った。いつかこうなることをどこかで理解していた。最も平和的な解決だと思ったほどだ。

父は耐えられなくなったのだ。貧困にだったのか、病床の妻を見ることに、だったのかは分からない。

父がいなくなったと、誰にも言えない秘密を囁くように母に告げたときのことを覚えている。悲しそうだった。母はずっと病室で待っていた。会えば罵声を浴びせ、ときに手を上げる夫をそれでも待っていた。そこにどんな感情があったか知らない。

仕方ないねと、たったふたりきりの病室で微笑みながら自らを責めた母の、青い手を擦ったときからずっと考えている。

愛とはなんだったか。どのような性質のものだったか。

俺はそれを持っていたのか、貰っていたのか、父親は渡していたのか、母親は、貰っていたのか。

母が死んだのは、父がいなくなって一年ほど経ったころだ。心臓の手術をして、そのまま生きて戻ってこなかった。

弱りながら、やがて止まる心電図。それを合図に泣き崩れる家族。そんなものは想像でしかない。手術室から戻った母には心電図などついていなかったし、家族は俺しかおらず、泣き崩れることもできなかった。

母は目をつむり沈黙したままだった。悲しかったか、苦しかったか、そんなことさえ分からない。痛かっただろうか。最期になにを思ったのか、そもそも思うことができたのか。俺ひとりを遺した現状になにを言うだろうか。ここに来もしない夫になにを言いたいだろうか。

母は、本当に父を愛していたのか。

父は、本当に母を愛していたのか。

そうであれば、愛の結末がこんなにも凄惨なのは何故なのか。

ひとりきり誰が来る当てもなく。

霊安室でずっと、迎えが来るのを待っていた。


俺には世界を愛する根拠がない。

愛というものの結末を見てしまったから。


それでもずっと働いて、精神を砕きながら生きてきたのは、ひとり遺される骨壺をどうにかしなければならなかったからだ。唯一の望みが叶ったら、母の葬式を終えれば行く当てなどない。行きたいところも居たい場所もない。

あのゴミ袋はきっと、明日の朝回収されて処分されるだろう。拾う人間は戻らない。

雨は先程より弱まっていた。弱くなった音でそれでもまだ降り続けている。今日中にはもう止まないだろう。

幸せな人間ではなかった。それはどうしようもない事実だった。

夫からのあらゆる暴力にさらされ、突然死んだ。死してなおぞんざいに扱われるなんてあんまりだ。俺は一生、母を幸せにできなかった。だから最期にせめて、精一杯の丁寧さで弔ってやりたかった。

それが遺された俺の責任だ。

ぐ届く。

「さっちゃんはさ」

ぽつりと奴が言った。透き通る美しい声は、雨音のほうから避けたかのようにまっすぐ届く。

「優しいよね」

「……そういうんじゃない。ただの義務感だ」

いまも、母が亡くなった当時も、泣くことができない。悲しみはただ遠くにあり、存在は確かに感じられるのに、少しも近づいてはこない。

そんなのは薄情だ、あまりにも。

俺なんかが息子だということも、母の不幸のひとつだった。

「ううん、優しいよ。ずっと優しかったんだって分かるよ。さっちゃんは、愛されて幸せになるべきひとなんだよ」

「愛なんて要らない」

奴のセリフは遠慮がなく、歯が浮くようだった。だから反射のように返した言葉も歯が浮くようで、俺は言ってから自分の出した言葉の意味を解釈しようとした。意図せず転び出た言葉はまるで本心のようだった。

愛なんて要らない。

だって本当は、そんなもの存在しないのだから。

消えてしまう砂の城を、そうと分かっていて作り始めるような真似は俺にはできない。いつか崩れて壊れるものなら手に入れないほうがずっと安全だ。

「……今日くらい泣くと思ったのに。さっちゃんが泣かないのはどうしてなのかな。わーって泣いてくれたら僕だって慰めてあげられるのに」

「やめろ」

「晩御飯、なに食べたい？」

傍若無人に話題が変わる。

「……なんでもいい。ていうか昼飯もまだだろ」

「終わったらもうお昼か夕方か分かんない時間だよ。だったら母さんがお寿司とるって」

「寿司？」

「お葬式のあとはお寿司なんだって」

疲れて、そうか、とだけ返した。

誰も来ない。葬儀屋は出てこなくて、僧侶は帰って、扉が開く音、足音の近づく気配さえしない。ただ外で雨が降っていた。壁を隔てて薄く耳に届く。奴はそれ以上なにも言わない。

ふたりきりで黙って。

ずっと、雨が止むのを待っている。

奴がぽつりと呟いた。俺はもう返事をする気力もなかった。

「いつか、思い切り悲しめるといいよね」

葬儀を終えると桝月さんがいて、西川邸に向かった。初めて案内された和室には西川の両親と香澄さんが、わざわざ喪服を着て待っていた。卓の上には宣言通り桶入りの寿司がある。意味が分からない。

なぜか泣きそうになった。

本来、俺と西川家にはなんの関係もないのだから、こんなことをしてくれる義理はないはずだ。なのに西川家は当然のようにそうした。その気遣いは少しだけバツが悪く、けれど居心地の悪さは感じない。温かさのような感覚が胸に広がった。母のことはあまり尋ねられず、代わりに笑って食事をしてくれた。

感傷的だったのかもしれない。両親とさえほとんど経験したことのない穏やかな食卓が胸にしみた。

だからどうかしていたのだ。勧められるままに奴の部屋に泊まることになった。

「本当に床でいいの？　一緒に寝ればよくない？」

「いい。絶対狭いだろ」

「狭いけど別にいいじゃん」

いる。

「しつこい」

高い天井が見える。やはり白くて綺麗だった。隣にはベッドがあり、奴が横になっている。

思う。きょうのあるべき結末を。行こうとしていたきっと安全な場所を。

奴のペースに乗せられて逸れてしまった。

隣からはすでに寝息が聞こえている。

いま出ていったら、バレるだろうか。

音を立てないように細心の注意を払って身を起こすと、耳聡く奴が制止した。

「泊まって行きなよ。もう暗いよ」

「帰れる」

「帰れるとしても、帰らなくていいじゃん」

ベッドから手が伸びてきて、俺の肩を軽く押した。観念して大人しく横になる。満足したように、それを認めた奴もまた寝た。

そうか。帰れるとしても、帰らなくていいのか。

目を閉じて、そういえばあんなにあった警戒心はどこに行ったんだか、と思った。今日一日で、いつのまにか俺はもう随分と、奴のことを信用しているらしかった。悪人か善人かは分からない、まだ騙している疑念は消えない。それでも、奴はきっと。

母の骨壺を捨てることはしないだろう。

それだけで十分だった。

そしてまた思ったのは、今朝集積場に捨てて来たゴミのこと。明日の早朝には収集車が持って行ってしまう。回収する気はすでになかった。けれど、少しだけ惜しかった。

この胸に、朝までは確かに持っていた感情が遠のいたことも同様に惜しく思った。

死に損なったな。帰らないかもしれないと思ったのに。

感傷に浸るほどの深さもない単純な、けれど無視もできない倦怠(けんたい)を、息を吐いてごまかした。


「生きてたわ」

翌日月曜の昼休み、教室に来た豊田は驚いたような顔で開口一番そう言った。

「そりゃ、生きてるだろ」

なんでもないことのように返す。ふうん、と含みを持たせて返された。前の席の椅子を反転させて座る。手には、バイト先のコンビニからいつも内緒で持ってくるという期限切れのパンが握られている。

「いーもん食ってんじゃん」

豊田は冗談めかして俺の手のなかを指す。購買の弁当だ。普段は滅多に行かないのに、財布に金があるからと覗（のぞ）いたらすべて手が届く金額で眩暈がした。これが金持ちの視界か、と思った。ワクワクして少し大きめの弁当を買った。数種類の揚げ物が米の上に載った弁当だった。

必要以上に節制せず食事をとるようになったら、これまで以上に腹が減るようになったのだ。身長も少し伸びた気がする。

「唐揚げやるよ」

容器を上げると、さんきゅ、と豊田は躊躇（ちゅうちょ）なく取っていく。

「いや真面目な話。おふくろさんの葬式やったあとでお前が元気に生きてるって想像つかなかったんだよな。なんとなくだけど」

「死ぬかと思ってたのか？」

「死ぬまでは行かないいんかもしらんけど。どっか失踪するかもなとか。もう学校来ねえかもなとか。少なくとも、ちゃんと学校に来て飯食ってるとは思わんかったよ」

「そうか」

「これからどーすんの」

「決めてない」

謎の揚げ物の中身は白身魚だった。噛（か）みながら、毎日奴の家で食べていた夕食を思い出す。緊張して味のない夕食。たぶんこの弁当のほうがずっと美味しかった。昨日までは。

　世界が変わってしまった。ほんの少しだけ、色が付いた。

「なあ豊田、日曜俺の家に来た？」

「行ってねえ。親父帰ってきてねえし」

「ゴミ袋移動させたり……してないよな」

「なんそれ？　なんかあったん？」

「いや、なにもない」

　日曜は結局奴の部屋に泊まり、早朝に帰宅した。集積場にゴミ袋はすでになかった。随分と早い回収だなと内心舌打ちをしながら部屋の前に行くと、あったのだ。部屋の前に。待つようにしてゴミ袋が鎮座していた。

　名前入りの教科書やら鞄やら入れていたので、俺のものだと気が付いた豊田が動かしたのかと思っていたが。

　豊田ではないとしたら。俺の家をわざわざ訪ねる奴なんて、そういない。

「バイト、もう少しだけ続けてみるよ。裏の事情は分からんが金はいいしな。学校行きながら生活するにはこれしかない」

　豊田は満足そうに笑った。

「そうしろよ。やべえ状況になったら匿（かくま）ってやるから」

「豊田はどうするんだ？」

「なんが？」

「……卒業後。変わらないのか」

「変わんねえよ。涼花を連れて出て行く」

　いつもと同じ表情で豊田は笑う。奴とはかけ離れた笑い方で安心する。ここでなら、俺はおかしい人間ではない。

「だから、金貯（た）めねえと」

　どうして人生は平等でないのかと、目の前の固い笑顔を見て思う。

　奴の下で働き始めてから、随分と財政に余裕が出た。葬式を終えて、墓を買って、病院への借金を返し終わっても口座には金が残っていた。

　月に一度、給料日ごとに暮らしが上向いていく。奴の家で夕食をとるようになり、昼食を値段ではなく栄養を考えて選ぶことができるようになって、都市伝説だと思っていた朝食も、たまには食べるようになった。幼いころから使っていた寝具を買い替えて、水回りを修理して。

明日の食事代がない心配は、しばらく経験していない。栄養と環境を整えたら深く眠れるようになった。授業中に眠ることも減った。

日々は順調で、平和で、安穏としている。

未だかつてない、その順調ぶりが怖かった。

半年が経っても、奴が手のひらを返す気配はない。給料は滞りなく手渡され、大学進学の話もまだ生きている。規則正しく学校に通い、塾通いのごとく西川邸に連れて行かれる。桝月さんの運転でアパートに帰り、眠る。月命日には墓参りに行く。父親の行方は依然として知れないが、詮索するつもりも起きなかった。

契約書の控えが一枚ずつ増えていく。もしかしたら、今後もっと増えていくのかもしれないと思い始めた。

高校三年の秋。模試ではどうにかB判定になり、なんと教員に褒められることにさえなる。

普通の高校生の日常というのは大体こんなものなのだろうか。それを自分が手に入れている現状に頭が追い付かない。これまでは影すらなかったものだ。

本当にこれは正しいのだろうか？

これはきっと幸せというもので、確かに奴のお陰でこの手に入っていて、一応の安寧を見せている。

これがずっと続いてしまったらどうしよう？

俺はこんな幸福に相応しいのだろうか。

幸福になるべき人間が、他にいるのではないだろうか？

過酷な道を行こうとする友人のことが思い浮かぶ。

「香月さんが喜んでいましたよ」

自らも喜んでいるかのような口調で、ハンドルを握る桝月さんが言う。

奴に付き合っていると帰宅はいつも十時近くになる。だというのに桝月さんは毎日送り届けてくれた。千愛ちゃんはどうしているのか心配になって聞いたことがあるが、俺を学校から西川邸に送り届けたら一度帰宅し、夕食を一緒にとり寝かしつけてから来ているのだそうだ。保育園への送迎時も一時退勤が許されているというから、なるほど変則的なだけで確かに良い職場なのかもしれないと思う。

「B判定だったんですって？」

「まぐれですよ。それに、まだ合格には全然足りない」

「香澄さんも褒めてましたよ。最初のころからは想像もつかないって」

帰りの車内はふたりきりだ。いつのころからだったか、道中は絶えず会話をするようになった。気さくで良い人だった。彼女自身のこともたくさん話してくれる。

奴も西川家も周辺の人物も、善良な人間ばかりで嫌になる。

「大学合格するために金貰ってるんですから。仕事ですよ」

「でも、少しは楽しいでしょう？」

「……そうですね」

思わず笑みが零れて、慌てて表情を戻す。

これまでは勉強が楽しいなんて思ったことはなかった。課題も授業も俺にとっては邪魔者で、そんなことをするくらいなら病室かバイト先にいたほうがよっぽどいいと思っていた。そのどちらにも行く必要のなくなったいま、分かり始めた勉強は少しだけ楽しい。

大学なんて行くつもりもなかったのに。

「史宏さんは、どんな大学生活を送りたいですか？」

近い未来への確認として、そんなことさえ尋ねられる。並行世界に迷い込んだみたいだ。

「どんな、って言われても。どんなところか知らないですから。周りに行った人もいないし」

「私もそんな感じです。香澄さんがよく話してくれるんですけど、話を聞いていると、難しそうだけど楽しそうなところだなって思いますよ。千愛が大きくなって望んだら、行かせてやりたいんです。だから史宏さんも、大学生活のことたくさん聞かせてくださいね」

半年後。一年後。大学生活。想定される未来がある。それにどうしても違和感が付きまとう。俺がこの道を行っているのは、奴に選ばれたからだ。奴の気まぐれが俺に当ったからだ。

別に、俺じゃなくてもいいのだろう。

隣で勉強をして、飯を食って、大学に通うのは。いま桝月さんの車に乗っているのも。車は迷いなく木造アパートの階段前につけられる。

「また明日！」

桝月さんの声に俺は振り返り、軽く手を振る。

錆び切った階段や軋む玄関扉も、以前ほど惨めに思わなくなった。奥の六畳間には、小さな棚の上に母の位牌が鎮座している。

夕食は西川邸で食べたから、家で多少の復習をすればあとは寝るだけだ。先週末に干してまだふわふわしている布団に潜る。していることは奴に会う前と変わらない。けれど随分と心境は違った。

これを豊田にあげられるなら。

「西川、話がある」

言ったのは車のなかだった。さっきまで蒸し暑い外気のなか歩いていたのが急に冷房の効いた車内に来たものだから少し寒い。

前を向くと桝月さんがルームミラー越しにこちらを見ていた。目が合うと慌てたように逸らす。それほどまずいことを言っているだろうか。

奴の表情はいつもと変わらない。

「なぁに」

「俺のバイト、他のやつと変われないか」

「それは無理だよ」

「代役は紹介する」

「無理だって」

「金に困ってるやつが――」

「さっちゃん」

遮って奴が言った。表情は、ずっと変わらないように見えた。けれどこうして見つめて、それは間違いだったと知る。

奴の表情は変わらない。けれど顔が物語る感情が様変わりしている。いつもと変わらない笑み、それを奴はいま、作っているのだ。無理に張り付けている。その下にあるのは、優しい笑みとは程遠く思えた。抑えるような口調で言う。

「僕は、君に頼んだんだよ。他の誰でも駄目だ。さっちゃんが嫌になって辞めるって言うなら止める権利はないけど、他の人を代役に立てられても困るよ」

「どうして俺なんだよ。俺じゃなくてもいいだろ」

同じ質問を、最初にしたのだった。そのとき奴は長い沈黙の末に答えた。

——君は受けるしかないはずだから。

その沈黙を、からかわれているのだと感じていた。それも違っていたのだ。一緒に勉強をしてきて、会話をして、同じ時間を過ごす間に、俺は奴を随分と知ってしまった。

微笑みを作ったまま考えるのは癖だった。奴のこの沈黙の仕方は、考えているだけだ。なにを？　今更ごまかしたいことなんてあるか？

奴は言った。

「さっちゃんと、大学に行きたいから」

嘘だと分かった。それほどの執着を、知り合って一年も経っていない俺が受けるはずがない。奴にとって他のやつより俺のほうが都合のいいなにかがあるのだ。なにかは分からない。

ルームミラーをもう一度見た。今度は目を逸らされなかった。

桝月さんは、仕方なさそうに笑った。

豊田を捕まえられたのは三日後の放課後だった。奢るからと学校近くのマックに連れ込む。

「坂田はバイトねえの」

「今日は解放日。毎月第三火曜日は自由なんだよ」

「スーパーの安売りかなんかかなん？」

「ピアノのレッスンだとよ」

豊田は遠慮なくハンバーガーふたつとポテトのＬ、アップルパイまで頼んだ。俺の会計と合わせて結構な額になったが、問題なく払える。これまでだったら一週間分の食費だ。くらくらしてしまった。

奴と出会ってからこういうことが多い。違う世界に来たみたいだ。

「まじで豪勢。最高。ありがとな」

良い笑顔でかぶり付いている。それを見ているとより申し訳なくなる。

食べながら、ことの顚末をすべて話した。話したところでなにもならない。豊田にはすでに関係ない話だ。奴に断られた以上、できることはない。ただの報告。意味はひとつもない。むしろ独りよがりなのかもしれなかった。

「豊田にやる気があれば、もう一度頼んでみる」

そう言うと、それまで黙って聞いていた豊田がまっすぐこちらを見た。

「いーよ、言ったろ、俺は卒業したらいなくなるし」

「でも金があればいなくならなくても」

金じゃねえんだよ、と豊田は言う。フライドポテトを口に入れながら出すものではない、険しい声音だ。こちらに敵意を向けているものではないから威圧感はなく、それは、豊田の優しさの表し方だった。

分かっている。問題は金ではない。金があれば豊田の父親の暴力から涼花を守れるのかと問われれば、無理だとしか言いようがない。必要なのは物理的な断絶だ。絶対的な逃亡だ。

成人年齢が十八歳に引き上げられて、できることはきっと格段に増える。それでも変わらないことはいくらでもあるだろう。実親の元にいるほうがいいとか、親子なのだから大丈夫だとか、そうやって潰される人生はいくらでもある。

どうして豊田がすべてを捨てて、出て行かなければならないのか。

世の理不尽がこんなところに結実しなくてもいいだろう。

「本当に行くのか。涼花だってまだ二年生だ」

考え直させるために追い縋(おいすが)る。こんな問答を豊田のなかでしていないわけがない。

机の上には開かれた包み紙と空になったポテトとパイの箱。

豊田は言った。俺の腹のなかなど、すべて分かっているかのような笑みだ。

「間違ってんのは分かってんだよ」

残ったオレンジジュースを啜る豊田の表情は表面上、穏やかだ。

「正しいと言われる道はきっと他にあんだろうよ。なんて無責任で横暴だって、誰かには言われるかもしらんよな。でもお行儀の良い正攻法は消耗するだけだ。そこには暴力がないから。暴力を相手取るには暴力がいる。俺がするのは親と涼花を引き離すただの横暴で、それでも涼花に安全を渡せる。俺が欲しいのはそれだけだよ」

豊田は涼花を連れて家を出て、親と離してから、涼花を守る環境を整えるのだという。狭いボロアパートの部屋でスマホとにらめっこして、調べ続けていた姿を知っている。誰も信じられないと言いながら、それでもこの世界で妹を守る方法を一心に求めていた。

悪いな、ありがとう。豊田にそう言わせるのも申し訳なかった。なにもできない自分がただ嫌になる。金を持てても、できないことが山ほどある。友人ひとり助けることができない。

こんなにも無力だ。

「坂田って、前はこんな風に人に関わろうとしなかったのに」

トレイを片付ける準備をしながら、豊田は言う。惜しむような笑顔で。

「なんか、変わったな」

結局断れも引き継げもしないまま、二月になった。

例のごとく夕食後に奴のピアノを聞いていた。

共通テストと前期試験は終わったが、まだ合否判定は出ていない。本来ならば後期に向けての準備をしなければならないだろうに呑気にピアノなんて弾いていていいのか。

いや、奴は初めからずっと合格安全圏内だった、と苦々しくも思い至ったときだった。

「そうだ。家、いつ来る？」

誰に話しかけているのかと思った。後ろに人でもいるのかと思って、扉を振り返る。

しかし誰もいない。演奏室には間違いなくふたりきりだ。

「なんの話だ」

「ん？　だから、家」

会話をしながら、劣ることのない速度で指が鍵盤を駆ける。音がぽんぽんと弾き出される。意味不明なことを言う奴は、同じようにご機嫌だ。

お前の家はここだろう。

「卒業したら一緒に住む家。最低限の家具入れたしもう住めるよって、言ってなかったっけ」

「住めるよって言ってないどころか引っ越さなきゃならんことも初耳だが？」

大学はボロアパートからも西川邸からも、少し遠い。電車なら片道二時間ほどかかる。通えない距離ではないし引っ越すほどでもないだろうと、いまのまま通うつもりでいたのだが。

さすがに大きすぎる話を勝手に進めていたことに気が付いたのか、演奏を止めてこちらを向いて謝ってくる。

「ちょっと遠いからさ、桝月さんの都合が付かないんだよね。だからもう大学の近くに住めばいいよねってなって。徒歩圏内！　もちろん引っ越し代は出すし、梱包からやってくれる業者さんにお願いするし」

確かに距離はある。定期代も馬鹿にならない。それほどいい記憶のない家に執着はないし、アパート自体も古いから次に地震が来たら確実に倒壊する。そもそも狭い。父親の帰るところがなくなるというのも胸の空く話だ。

豊田と違い、俺には連れて行くべき家族などいないし。

「もちろん家賃も要らないし、広めの間取りで個室もあるし」

ね？　ね？　と持ち前の顔面を駆使してこちらを見る。愛されるに慣れた奴の表情はだから純粋に透き通っていて、まるで守られるのが当然のように思えてしまう。あまりに瑕がないから、小さな傷をつけるのさえ躊躇われる。

　断る理由はない。なぜ一緒に住む必要があるのかはよく分からないが、個室があって家賃が浮くのならいいだろう。金があっても貧乏性は直らない。こちらに損はなさそうだし、どうしても魅力的に思えてしまう。そもそももう押さえてしまっているのだ、仕方ないだろう。言い聞かせる言葉で、あらゆる疑念と不安より経済を勝たせる。

「まだ合否は出てないのに、そこの心配はしなかったのか」

「だってさっちゃん終盤は模試もずっとA判定だったし。大丈夫でしょ？」

　守られるに慣れた目だ。邪な疑いなど微塵もない。

「分かった。引っ越しの日程はそのうち決める」

　やったあ！　と本物の子どものような無邪気さで喜ばれるので悪い気はしない。が、念を押した。

「……受かってたらな」

　ここはあまりにも平和だ。真っ白な世界にはあらゆる攻撃的な概念がない。別世界に片足ずつ突っ込んで、いつ転ぶかも分からない。どっちにいるべきなのか決心もつかない。

　違う、本当はついている。

　俺は確かに天秤にかけた。そして選んだのだ。自分のための、居たい世界を。

怖くとも。どれほど嫌でも。

卒業式はすぐにやってきた。感動して泣き喚く同級生にも後輩にも教員にも保護者にもなにひとつ共感できなかった。彼らがこれから歩むのは不安でも輝かしい未来なのだろう。行く未来を捨ててでもここにいたいとは誰も思っていない。

高校卒業は、節目だ。大抵の人間の目の前には大学やら就職やら、進むべき道が敷かれている。俺と豊田にそれはない。ない道の上を、浮いた足先が落ちないようにどうにか進むしかない。戻ることは、もうできない。

俺にとっては、奴の得体の知れない思惑にしがみつく日で。

豊田にとっては、薄氷を駆け抜けることを強いられる日だ。

人のいない廊下で豊田は窓の外を見ていた。視線をこちらにやって、昼休みに訪ねるような穏やかな声音で言う。

「受かったって？」

対面で話すのは久しぶりだった。就活組も受験組も、進路が決まった人間から学校には来なくなる。夜に訪ねてくることがなければ会うこともない。

寄った窓から見えた同級生たちは早々に校門前に下りて記念撮影をしていた。親や教員と楽しそうに泣きながら騒いでいる。俺の父親も豊田の両親も卒業式には来なかった。そういう人間は、この学校ではそれほど多くないだろう。

「なんとか受かった」

「雇い主さんも喜んでるんじゃね」

「それなりに騒いでたな」

「じゃあ、続けるんだな」

そうなるな、と細く呟いた。未来に自信がなかった。

選んだのだ。

入試でわざと間違えて落ちる選択肢もあった。同じ大学に合格しなければ大学内で友人のふりをするという契約は成立しない。ここで辞めるなら、それが一番スムーズだ。けれど、真剣に問題を解いた。本当に受かったら、もし、本当に合格したら。奴の傍にいてみようと思ったのだ。

金のためだ。そう言い聞かせる。いつ手を払いのけられるか分からない。

いずれなくなるものに期待をしてはいけない。

波にさらわれる砂の城は作らない。

「大学生活がんばれよ」

「……豊田は」

「きょう、出発」

　涼花が帰るのは昼以降だろう。そこから出るとしたら深夜だろうか。どこに行くのか結局聞いていない。どこから情報が洩れるか分からないから、きっと豊田も教えない。

「携帯もそのうち変えるから、連絡付かなくなるけど心配すんな。じゃあ」

「気を付けろよ」

　言うのが精いっぱいだった。豊田はありがとなと言って、廊下を歩き出す。振った手に握られた黒い筒が、お守りのように見えた。


　三月と言っても夜は冷えた。

　きょうばかりは奴の家での食事は固辞して、豊田の家から近い、郊外電車の出る駅の改札前に立った。見送りなど望んでいないだろう。本当に来るかどうかも分からない。

　随分と我が強くなったものだと、少し笑えた。自分のためでしかないと分かって行動するなんて。これから自分がすることと、奴がしたことの違いを考える。何度も考えた。そこに大した差異は、ないように思う。

　やがて深夜になったころ、涼花を背負った豊田が来た。喜びとも呆れともつかない表情で顔を歪めた。

「ストーカーかよ」

自分のリュックを前にかけて、眠っている涼花を背負い、妹の荷物を腕にかけている。荒く吐かれる白い息が口元を霞(かす)ませる。豊田の姿はいまの状況そのままを表しているようだった。

たったひとりで、すべてを背負って歩くしかない。

寄せられる眉根を無理に引きはがすように作られた笑みが空気をひりつかせる。豊田は随分と興奮して喋り出した。

「坂田、おれさ、母さんに声かけたんだよ。一緒に来るかって」

「なんて？」

「行かないってさ」

吐き捨てるような口調だ。

涙が一粒、その頬を伝う。追うように感情が落ちてくる。

「母さんは選んだんだよ。怒鳴られて殴られてでもあそこにいることをやっぱり選んだんだ。あの人にとってなにが一番怖いかって、おれや涼花が殴られることじゃない、自分で自分を背負うことなんだよ。決めて、捨てて、得ることなんだ。そりゃそうだ、親だって人間だ。弱い、人間で、なんもしなくて良いならなんもしたくない。だったらおれらはなんなんかな。それでも守ってほしかったって思うのは、間違いなんかな」

怒りで落涙しているのだと分かった。まくしたてる話し方は、頭のなかに湧く感情を言葉として吐き出してクールダウンしようとしているせいだ。

そういう経験が、かつての俺にもあった。父を敵視していたころ。母を守ろうとしていたころ。いまはもう遠い感情。まだ思い出せる。まだ寄り添える。きっとこれが最後だ。いつか、豊田に寄り添えなくなる。この感情も涙もきっと理解できなくなる。

奴の隣にいるということはそういうことだ。

そう、選んだのだった。

豊田の独白を、俺は注意深く聞いた。ひとつ触れ方を間違ったら壊れることが分かっていた。

「そこに涼花はいなかったけど、知ったらどう思うんかな。言えるわけないけど。おれ、涼花に恨まれるかな。なんにも言いたくないんだ。出ていく理由も、あそこに居ちゃいけない理由も説明したくない。できねえよ。涼花は母さんのこと好きだから泣くかもな。おれのこと恨むかも。でもやるしかないんだ、いま離れたら、涼花はきっと母さんのこと好きなままでいられんだ」

「そうだな」

妹を起こさないように抑えた声で言う、豊田の声はただ切羽詰まっていた。肯定するしかない。肯定しなければ、豊田はひとりの味方も感じられない。

「なあ坂田、愛ってなんだろうな。俺はそれを、母さんから本当に貰ってたのかな。涼花に本当に、遣れるのかな」

——それは。

「俺に分かるわけがねえだろ、豊田」

思わず口にすると、豊田は安心したように微笑んだ。

足元の学生鞄から封筒を取り出し、豊田に渡す。受け取ると顔が歪んだのが見えた。感触だけで中身が分かったのだろう。

なかには百万円が入っている。

グロテスクな厚みの現金だ。

いま俺が豊田にしていることと、奴が俺にしたことに、違いはあるのだろうか。

こんなものある種の暴力だ。豊田のプライドも尊厳も一発で潰せるほどの。俺は確かにあのとき、怒りで吐き気を覚えたのだ。

それでも金があれば、金で買えるものはすべて買える。住まいや食事と引き換えられる。ときには幸せさえ手にできる。俺が母の葬式を買い安堵と引き換えたように。

できる限りの幸福を、この友人に手に入れてほしかった。

豊田は言った。

「……ありがとうな」

「なかに、メモが入ってる。俺の連絡先と、新しい住所だ。多分長くても四年間しか住まねえけど。なんかあったら、来い。いつもみたいに。涼花と一緒に」

惨めな感情で繋がっていた。

お互いに幸福とは言い難かった。その温度で火傷を負う人間だったから、幸せそうな人間とは付き合えなかった。豊田となら自分を哀れまずに済んだ。不幸な境遇などよくあることだと思えた。感情を伝え合うのに余計な説明は要らなかった。豊田もきっと、だから隣にいたのだろう。

賞味期限切れの食事を持ち寄って。三年間傍にいた。

たったひとりの友人で、親より優しかった。

一緒に改札を抜けた。ホームで電車を待つ。豊田が言った。

「結局さ、大丈夫そうなん？　バイト」

「さあ。いつ終わるかも分からん。明日にはもう要らないって言われるかもな」

「もしかしたらずっと続くかもよ。十年後だって一緒にいるかも」

それはない、と言う。半分は願望だった。

「人の心なんかいつか変わるだろ。永遠なんてありえない」

いつか失くなるものだ。それに俺はきっと、奴を大事にはできない。大事にされなかった人間が、大事なものの扱い方を知ることはない。だから長くは続かない。

豊田は不意に転がり込んだ幸福だった。俺に扱えるだけの縁だった。豊田がいれば、良かったのだ。

電車が止まる。乗り込んで豊田は振り返る。

「坂田、元気でいろよ」

「豊田もな」

「死ぬなよ」

「ああ」

「殺してでも生きろよ」

豊田の目は真剣で、刺されそうな強さがあった。

そういう殺伐とした雰囲気を、俺も持っていたと思う。いつか父親を殺したいと思っていたとき、母を守らなくてはと思っていたころ、おそらくこういう目をしていた。

もう二度と、あんな目はできないだろう。

なにもなかったから、なにもなくて良かったのに。

絶望の始まりのような、安寧を手に入れてしまった。

問題なく春が来た。

豊田の親から連絡が来ることはなかった。学校の友人と言えば俺くらいのはずだ。豊田の親は豊田のことをなにも知らないのだろう。なにを見て、なにを感じて、誰と過ごして、なにを決めたか、なんて。興味もなかったのかもしれない。

電話は一本、担任から来た。行方を知らないかと問われたので知らないと答えた。雑談のような軽さで、どうしたんだろうなあ豊田、そんな風には見えなかったのに、と言った担任は、四十分の一に希釈された生徒たちのなにを考えていただろうか。

もう今更、すべてが遅いことだけが確かだ。

豊田が戻ってきたという話も、その家出が警察沙汰になったという話も聞かない。それが成功の証左であることをただ祈るしかない。

徳総大学の入学式だった。

当日朝に引き払ったボロアパートに奴と桝月さんが迎えに来て、会場の前につける。同じように親に送ってもらう新入生も多いようで、それほど目立つものではない。西川家の車が長いリムジンでなくて良かったと思う。

大学進学者がただでさえ少ない母校から徳総大学に行った生徒はいない。友人がいないと言って俺を雇ったのだから奴も同じような境遇なのだろう、と思っていたが、奴のいた白崎皆城高校は金持ちの進学校だということに今更、思い当たる。

地元で一番偏差値の高い大学に、同窓生がいないなんてことがあるのか？　それほど交友関係が壊滅的なのか？　こんな幸せそうな奴が？

気が付くべきだった。詐欺だ人身売買だと騒いだくせに、根本を疑っていなかった。

「香月！」

奴の名を呼んで駆けてくる影がある。スーツ姿の小柄な女性だ。

「おはよう南波美。スーツ似合ってるね」

「おはよ。香月もいいじゃん、香澄さんが選んでくれたの？」

「姉さんと母さんと、桝月さんがね」

「桝月さんは？　今日は来ないの？」

「帰ったよ。入学式だからって特別に送ってくれたんだ。お迎えはきょうで終わり」

「大丈夫なの？」

極めて親しげに話したすえ、南波美と呼ばれた女性はこちらを見た。香月に向けていた警戒心のない甘い目元とは違う、刺さるような険しい視線だ。女性を挟んだ向こうにいる奴からは見えない。少なくない敵意だと思った。

「紹介するね、さっちゃん。藤枝南波美。中高の同級生」

　藤枝です、とにこやかに礼をする彼女の眼にはもう怪しむような色はない。隠したのだ。

「南波美、坂田史宏。前に話したよね」

　なにを話したんだ、と聞く気も起きない。

　三人たむろっているとまた違う女性が藤枝と奴を呼びながら寄ってくる。やはり友人のようだ。背の高いほっそりとした美形で高山と言った。なんとなく四人で歩き出したとき、奴の袖を引いて藤枝と高山から一歩後ろ、俺の隣を歩かせる。耳元に頭を寄せて、できるだけ小声で。

「話が違う」

「うんうん」

「うんうんじゃねえだろ。なんだよこれ。友人がいないから一緒に大学通えっていう話だったよな」

「うーん、今更それって必要？」

「それ？」

「僕はね、さっちゃんと大学に通いたかったんだ。そのために設定付けが必要だったわけ。友達いないって言ったら、さっちゃんはあんまり無下にできないでしょう」

「なんで」

「君は優しいから」

悩む素振りもなく答えた。冗談を言っている顔ではなかった。不快感を隠そうともしない俺の顔を見て、それでも優美に微笑む。

出会った工事現場以来の距離だ。いつもより近くで見る奴の顔面。

宝石のような目だと思った。汚れていなく、綺麗で、澄んだ月のようなその目。

美しく育った者にしか手に入れられない、鬱陶しい温かさを持った目。

その瞳を恐ろしく思う。

歯噛み(はが)みをして黙り込む。どうしてこうも違う。どうしてそれを見せつける。

俺はそんなもの信じない。

「念押ししておくけど、他の人には言わないでね」

「なにを」

「僕との関係」

香月、と藤枝が呼ぶ声が聞こえて、奴は一歩前へ行った。

なんと言えばいいのだろう。

入学式中ずっと奴のことを考える羽目になった。おかげで頭がよく回らない。やたら大きい玄関扉の前で立ち尽くし考える。ただいま、は違うだろう。お邪魔します、はきっと笑われる。

これから自分が住む家なのだ。

隣に立つ奴はスーツのポケットからむき出しの鍵を取り出し、それで玄関を開けてから俺に差し出す。

「はい、鍵。さっちゃんの分。失くさないでね。さて、ただいまー」

抵抗なく入っていく奴の後ろに無言でつく。上がって最初に示されたのはリビングに続く廊下の半ば、俺に宛がわれた自室だ。

「荷物はもう入れてあるよ」

扉を開けて一歩入る。なにもない空間があった。八畳の部屋は広すぎて、なんでも入るように思えてしまう。ボロアパートと同等の面積が自室になったのだ。夢のような気持ちでクローゼットを開いた。手持ちの服では到底満たすことができないほどの容量がある。

「少なすぎて驚いたんだけど荷物の数、間違いない？」

引っ越し業者を使うまでもなく宅配便で送った。母の遺品ばかりが入った段ボール箱がふたつとトートバッグがひとつ。これで間違いはない。

「通販で布団頼んでたんだが、来てないか？」

「ああさすがにそれは買ったんだ？　良かった。まだ来てないみたいだね」

「そうか」

「そうかって。来ないと今日の布団ないんじゃないの？」

「まあそうだけど。一晩くらいならなしでもいけるだろ」

「いやいけないでしょ」

布団の代わりにひとつ、余計に物があった。

「……これ」

「引っ越し祝い？　なんだかんだ買ってないみたいだったし。大きいのは嫌だろうから、コンパクトタイプにした」

小さな仏壇が置かれている。母の葬式後、位牌は貰ったが仏壇は買わず棚で代用していた。仏壇などボロアパートには狭くて置けない。

「ありがとうな」

素直に礼を言ってみれば目を細め、心の底から嬉しそうに、奴が微笑む。

その顔に笑みを返すことが、どうしてもできない。

「こっちリビングだよ」

連れられて廊下の先の扉を開く。

二十畳。間取りは知っていたが、実際に入り見回すとやはり広大だ。リビングだけでボロアパートの部屋がふたつ丸々入る。西川邸と比べれば随分狭いので、西川には圧迫感があるかもしれない。共有スペースにはなるべく物を置かないようにしてやろう――と。

思ったのだが。

「これはどうした……」

思わず呟くと、背後から困ったような半笑いが聞こえる。

「さすがにグランドはねえ」

「はあ？」

「え、なに？」

不機嫌に振り向くと半笑いが戸惑いに変わった。次元が離れすぎて言葉が通じないのはもう慣れたが、この状況は理解できない。

「なんでここにピアノがあるんだって話をしてるんだが」

「父さんと母さんが買おうとしたグランドピアノを固辞してアップライトにまで妥協させたって話をしてるんだけど？」

「……グランド、置けなくはないよな」

「そうなんだよ。だから父さんも母さんも、姉さんまで演奏室にあるのと同じ型が良いだろうって、疑いなく発注しようとしてて。さっちゃんが絶対嫌がるからやめてって説得した」

「お前ここにずっと住むのか？」

「ううん、大学の間だけだよ。卒業したら実家戻るし」

たった四年住むだけの部屋にわざわざピアノを——まあいい。諦める。そもそも分譲マンションを買い与えている時点で理解の外なのだ。

「就業規則と今後の契約書、そこの棚にまとめて置いてるから。忘れないでね」

「はいはい……」

ひとつため息をついて、巨人が座るかのような大きさのソファに腰掛ける。予想の三倍沈み込むので思わず声を上げてしまった。なんでもないことを装って、向かいの同じソファを示す。

「座れ」

「ええ？　なに」

スーツのジャケットをリビングセットの椅子に掛けてから、示した場所に大人しく座る。こうしろと言えば大抵のことには従う雇用主だが、その脳内はひとつとして開示しない。

仏壇は純粋に嬉しかったが、問題がなかったことにはならない。

「お前のことがなにひとつ分からない」

「これからこれから」

「人を雇う必要があったのか？　友人なんていくらでもいそうな人気だったが」

実際、奴に友人はいくらでもいた。入学式の前後にも嫌と言うほど奴は声をかけられ、その度に俺は居た堪れない気持ちで彼らの視線に耐え続けたのだ。

——これは藪蛇なのかもしれない。つついた藪から大蛇が出て来て、俺は頭から食われてしまうのかもしれない。怒りに任せて言葉を発したあとにそれに思い至って、けれど取り戻す術もないので奴の目をじっと見る。

考える素振りはなかった。まっすぐ、こちらを見返す。

「必要はあったよ。それがなんなのか、さっちゃんは知らなくていいけど」

「またそういう……」

「茹でた卵が生卵には戻らないみたいにさ。なにも知らないほうがよかったって思っても、知る前には戻れないでしょ。教えることもできるけど、そうするとさっちゃんはどうなるのかな」

奴は視線を逸らさなかった。対抗するように俺も見つめ返す。

いつもの笑顔のまま、柔らかな光が急速に鋭さを持ち、冷たささえ含んだような笑みへと変わる。この微笑みかたは初めて見たように思う。最初に西川邸で話したときの、真剣だった表情に近い。

「……なにも知らなければ、俺は」

「少なくとも損はしないよ。これまで通りお給料をもらって、大学を卒業して、終わり。別に西川の会社に就職してくれとも言わないし。なんの不利益もないはずでしょう？」

確かに不利益がない。利益しかない。では俺と過ごす時間の、奴の利益とはなんだろうか。詐欺、恐喝、強請り、そんなものではないことは、もう理解している。

ではなにをしようとしている？

「ひとつだけ、聞かせてくれ」

こんなことを訊くのは野暮なのだろうか。それでも確かめたいと思った。その行動に、奴の本心が潜んでいる気がした。

なあにと軽く返事をした奴に、投げかける。

「葬式の日。俺の捨てたゴミ袋を、部屋の前に置いたのはお前か？」

一瞬、きゅっと真顔になって、すぐにその美しい顔がからかうような不敵な笑みに彩られた。

「ばれてた？」

「なんで」

家まで来てたのかよ、なんで人の捨てたものを戻すんだ、言いたいことはいくらでもあったが、心の底を見渡すような透き通ったその瞳にはすべて見えているようで、口を閉じた。多分、なにを言っても墓穴を掘ることになる。

代わりに奴が言い当てた。

「死ぬつもりだった、でしょう」

なにも返せないでいると、にこりと笑って奴が重ねる。やはり答えられないような問いかけだった。

「捨てなくて、良かったでしょう？」

どういう感情で、そう言っているのか分からない。けれど嘘を言っているようでもない。本当に奴が拾ったのだろう。

――母の骨壺を捨てることはしないだろう。

葬式のあと、確かにそう思った。いまも思っている。

……なら、それでいいじゃないか。

奴の目的は分からない。将来なにをされるのかもどうなるのかも分からない。でも。

俺の人生なんていまが最高潮で、きっと一番いい暮らしをしている。明日の食事の心配はない。寝る場所もある。もし本当に奴の言う通り、なにも知らなければなにも起きないのだとしたら？　このまま四年が続いてただ解放されるのなら、そんなに良いことはない。

もしなにか起きて、例えば殺されたとして――果たして本当に損だろうか？

俺の将来に大した価値はないのに？

死に損ねて、結局いまもどうして生きているのかよく分からない。惰性に乗って住みやすいところに来ただけだ。

母が蔑(ないがし)ろにされないのなら、たとえ俺が死ぬことになっても問題はない。

考え込んだのちに目を合わせると奴は、わざとらしく脚を組んだ。

「さて、どうする？」

「……聞かない」

「うん。話は終わりでいい？」

「いい」

「よしっ」

途端に子どものような表情になり、ソファからピアノ椅子へと駆けて行った。まるで別人だ。

——どうせ固辞するのならそもそもリビングにピアノを置いてほしくなかった。金持ちの象徴のように見えて、慣れない俺には眩しい。だが、奴をピアノのない家に住まわせるのも可哀想(かわいそう)だと思ったのだろう。そこは同感だ。

真っ白なピアノだった。色があるのは黒鍵だけで、それ以外は椅子もペダルもすべて白。装飾はなく、断ち切ったような直線のラインが目を惹(ひ)く。演奏室にあったものとはデザインが違っていて、こちらは現代的だ。

美しさの偏差値が同程度なのか、邪気の無さが近いのか、そのピアノは奴によく似合う。まるで合わせて造形されたかのような錯覚を覚えるほど。白いピアノに白い肌。壮麗な線と細くて力強い指先。見るだに腹が立つ。

優雅な動作でそっと鍵盤に手を置いた。その所作を見慣れてしまったのだと、いつもとは違う背景にいる奴の画を見て思う。流れるのは、聴き慣れてしまった旋律。

初めて西川邸に行ったとき、この曲を聞いて不安が増したのだ。

「その曲、嫌いだったんだよな」

「これ？」

「電話の保留音」

「ああ、なるほど。それは嫌だよね」

生まれも育ちも全く違うのに、委細を話さなくても共感が返る。調査をしたからできる芸当だが、最初は奇妙だったそれにも、この曲にも、随分と慣れてしまった。

奴が気に入ってよく弾いている曲だ。

どうやって奏でているのか間近で見ていても理解できない。緩やかに動く指に沿って音は流れるが、どのキーを押せばどんな音が出るのか分からない俺には、予測ができないのだ。難曲であろうそれを事も無げに演奏して見せ、振り返った西川は満面の笑みを見せた。

あらゆることを迷う俺を一笑に付すように。

優しく宥めるように。

いつ裏切られるかも分からないのだと自分に言い聞かせる。そうしなければ揺らいでしまうほど、奴の目は温度が高い。

結局、布団は届かなかった。

一晩くらい大丈夫だという俺に、奴は頑なに「夜は冷えるから」と反対した。風邪を引いたら看病するのは僕なんだよ？　と言われれば反発できるはずもなかった。

ふたりで暮らすとはそういうことなのだと、今更認識した。

奴の部屋の奴の布団に、できる限り離れて並ぶ。と言ってもたかがセミダブルなので求めるほどの距離が取れるわけではない。だというのに奴が内側を向いたままなので、俺は当然外側を向く。

「ねえさっちゃん」

「なに。寝ろ」

「ちょっと一回こっち向いて？」

「嫌だわ近えだろ」

「いいから」

一度言い出すと聞かない。観念して体勢を変えると、やはりこちらを向いた奴の顔面が至近距離にあった。

一瞬、どきりとする。臆面もなくまっすぐこちらを見る目は、出会ったときから少しも変わらない。逃げ出したいほど愚直に見つめてくる。

思わず目を逸らすと、そっと伸びて来た指先が頬に触れる。やめろ、と言うとごめんと返して離した。奴が微笑んで、言った。

「ようこそ、さっちゃん。これからよろしくね」

声も、人間も。

それはそれは美しい透過の色彩だった。

奴は綺麗だった。

顔面や、身体のことを言ってるんじゃない。この世の汚れをすべて免れてきたようなつるんとした心を、前面に持って、無防備に差し出すように近づいてきた。心臓のような奴の心に絶対に触れたくなかった。

奴のことを知るほど、好きだとか嫌いだとか感じる前に、覚えるのは知らない種類の恐怖だ。

──信じてきたことが崩れてしまう。

宝石のような目だと思った。汚れていなく、綺麗で、澄んだ月のようなその目がいつも、逃げ出したいほどまっすぐ俺だけを見ている。

透過の目が、声が、笑い方が、心根が。

透けて見える温(ぬく)いなにかが。その美しい色彩が。

恐くてずっと嫌だった。

後章　透過色彩の歳華

「最近どう？」

この二年で、すっかり常連になってしまった最寄り駅前の喫茶店。香澄さんと会うときはいつもここだ。

個人経営らしい馴染みのない店名。初回にふらりと入って、なんでこんな流行らなさそうな喫茶店が大きな駅の面前にあるのだろうと思ったが、コーヒーが格別に美味しいらしい。

らしい、というのは、オリジナルブレンドを注文した香澄さんが一口飲んで興奮気味に美味しいと言ったからだ。俺の感想ではない。

コーヒーの味は分からない。

奴も家で豆から挽くが、ボロアパートで飲んでいたインスタントコーヒーとの違いがいまひとつ分からない。どちらかというとインスタントのほうが飲みやすかったと思うのは、きっと貧乏舌のせいだろう。

それでも香澄さんに合わせて、いつもブレンドを注文する。

「トラブルにはならずやってます。さすがに二年経つと、色々と慣れるというか」

「うん、上々じゃない？　だってあの子世間ずれしてるもの。さっちゃんとこんなに長く暮らせてるってだけで驚いてる」

「言われるほどじゃないですよ。確かに世間ずれはしていますが。僕以外の周囲は香月さんに似たタイプだし、学校行って生活するには問題ないです」

いまだに金持ちムーブに呆れることは多々あるが。

余計なことは口にしないのが最上だ。いわばこれは上司面談。

奴とのルームシェアが決まってから、月に一度ほど香澄さんに呼び出されては食事やお茶と称して近況報告をさせられている。居候の弱みで、俺に断るという選択肢は用意されていない。

「前期の成績通知はご覧になりました？　後期も似たような感じで、多分二年でも最優秀生徒ですよ」

「成績のことは心配してないわ。それより生活。あの子って末っ子で可愛がられて育ったし、私も両親も甘やかしてきたし、ずっと周りに人のいる環境で生きてきたんだもの。だから家を出るなんて無理だって最初は思ったけど、二年もできてるなら大丈夫なのね。一緒に暮らす相手がさっちゃんだってところが大きいとはいえ」

「相手が僕だからってことはないですよ」

「ううん、本当に、さっちゃんがさっちゃんで良かった」

「……それはどうも」

気まずくコーヒーに口をつける。奴も香澄さんも、従業員の俺に怒るということをしない。使用人としては家事もそこそこだし、奴への態度は良いと言えないのに、よく褒める。

褒められれば悪い気はしない。それを本当にしようと真面目に報告事項をまとめる自分が、なんだかいじらしいようで気恥ずかしい。

「ピアノは弾いてる？」

「相変わらず。時間があればピアノ椅子に座ってます。教室にも月一で行ってるようで」

「毎回聞いてごめんなさいね。お父さんとお母さんが安心するわ。あの子がピアノをやめるなんて考えられないもの」

「香月さんはピアノ、長いんですよね」

「そうね、物心ついたときにはピアノを弾いてた。言葉が早いかピアノの音を覚えるのが早いかって感じだった」

「ずっと弾いてます。息をするのと同じ感覚で」

「実家でもそうだった。ずっと演奏室にこもってた。人といるよりピアノといるほうが好きみたいで、あんまりお家にお友達を連れてこなかったわ」

「意外ですね。大学でも人に囲まれていることが多いのに」

「だからね、さっちゃんは特別。きっと嬉しかったのよ。貴方が来てたころ、毎日のように演奏室に連れて行っていたでしょう？　飼い主にお気に入りのおもちゃを見せる犬みたいってみんなで言ってたのよ」

ふふ、と口元に指をやって、香澄さんは笑う。奴に似た優美な、けれど悪戯っぽい笑み。

「さっちゃんを家に呼んだのは、ピアノを弾くより楽しかったからよ」

「ちゃんと勉強しているか確認したかったんでしょう」

「さあ、どうでしょうね」

やがてふたつのカップが空になり、香澄さんが素早く伝票をさらう。彼女は大学を卒業して、名の知れた大企業の営業職に就いている。経済力では勝てない。

「あの子のことよろしくね。また話聞かせて」

「代わり映えはしないと思いますよ」

「いいのよ」

会計を終えて揃って店を出ると、重く沈んだ一月の寒さのなかに放り出された。

「うわ、さむ」

「まだ寒くなるのね。あの子寒さに弱いのよ。気を付けてあげて」

小学生に対するような甘やかしだなと思う。言動の端々から察するに、これが西川家の奴に対しての扱いのようだった。

「バイト、間に合いそう？」

「余裕です。予定より一本早い電車に乗れそう」

西川邸に帰る香澄さんと並んで駅に向かう。

「なんだか香月のことばかり訊いちゃった。さっちゃんは最近どう？」

どう、と広く投網を掛けられるのが一番困る。

「それなりです。バイトも慣れてきたし」

「そう。この間はごめんなさいね、連絡もせずにお店に押しかけて。さっちゃんがバイトするんだって！　って香月が泣きついて来るから、面白くて」

「なんで泣きつくんですか。しかも香澄さんに」

「家にひとりになる時間が多くなるのが寂しくて嫌なんですって。ちょっと甘やかしすぎたわよね」

バイトを始めるときに一悶着(ひともんちゃく)あった。というと大げさだが、奴が弱々しくも反対したのだ。まるで幼児が拗(す)ねるようにうじうじと小さく不満を並べ立てるので、「お前に俺の労働意欲を奪う権利はない」と言ったらまた叱られた幼児のごとく渋々納得していた。

副業は禁止だ、と一言反論してもよかったのに。

「尾崎さんだったかしら。良くしてくださった、あのお姉さんによろしくね」

「伝えておきます」

初めて会ったときから、奴といる時間は三年に積み上がっている。奴は、どう言えば俺がなにを返すか分かるし、俺も奴の操作方法をよく分かってきた。

日々は安寧を編み上げていく。

いつか手放さなければならない安寧だ。

バイト先は焼肉屋だ。

数か月前から、週に二日のシフトで働いている。大学が密集するエリアの格安焼肉だ。大学生の客が多く治安はあまり良くない。ガタイの良い男性ということで多少重宝されて、少ないシフトでも雇ってもらっている。

つまり、本来はブルジョワの奴が来るような店ではないのだ。

「さっちゃん、注文いい？」

奴の透き通った声が通りかかった俺を呼ぶ。初来店の際に奴の呼び方を聞いた店長が俺の名札を『さっちゃん』にしようと言い出したが丁重に固辞しておいた。

入学式で会った藤枝と高山は、徳総大学に進学した白崎皆城生のなかでも特に親交が深いらしく、大体ここに俺が入れられた四人での行動になる。

バイト先を知った、バイトなどには縁のないブルジョワ三人組は面白がってよく焼肉屋に来店した。迷惑な話である。

高山はクールな女性で酒に強く、騒ぐことも酔い潰れることもないのだが、問題は藤枝南波美だった。強くないくせに酒好きなので、大抵うるさくなる。

「さっちゃん、ビール！」

「ジンジャーエールがお一つ、と。高山、連れて帰ってくれ」

「こうなったら潰れるまで帰んないよ。坂田、私はハイボール」

「ハイボール一つ」

「僕はウーロン茶」

「ウーロン茶一つ。お前、本当に飲まないな」

ドリンクを受注端末に入力したあと、伝票に表示されない設定で肉を一皿追加する。ついつい、俺の奢りという名のサービスをやってしまう。

「また？　本当に友達想い（おも）いだね」

端末から送信された注文内容を見たのだろう。キッチンの窓口から顔を出したのは尾崎桜（さくら）という、この店の社員だった。高卒で就職しているので歳（とし）はふたつだけ向こうが上だ。

「そういうわけじゃないです。早く腹膨らせて帰らせようと思って」

「それなら肉じゃなくてコメ系渡しなよ」

それもそうだ、と思ってしまったのでなにも返せなかった。目ざとく捉えて小気味よく笑った尾崎さんはいたずらっぽい表情を作る。

「サーブはさっちゃん以外に任せよう。毎回毎回『尾崎さんから』って嘘つくんだもん」

「絶対に俺が持っていきます」

豪快に噴き出してから、キッチンの奥へと戻っていった。初対面のときからよく笑う人だと思った。奴とは違う。

違う種類の、綺麗な笑い方だ。調子は狂うものの、居心地は悪くない。

奴らは散々飲んだあと、俺に一声かけてから退店する。バイト終わりの俺はＬＩＮＥに送信された二次会会場の位置情報を頼りに合流する、というのが、いつの間にか定例となっていた。

着くころには、藤枝は大抵潰れる寸前である。

「うわー！　さっちゃんださっちゃんだー……」

「こいつ帰れんの？」

「それがさあ、案外帰れるんだよね。記憶無くしたことないらしいよ」

まじか、と言いながら藤枝から一番遠くに座る。必然的に高山の隣だ。

藤枝は奴の隣に座る。高山は藤枝の対面に座る。それが三人のバランスらしかった。

藤枝が奴の隣に座りたがり、次点で近い場所に高山を座らせたがる。それをふたりが受け入れている。

藤枝は、ずっと奴のことが好きなのだという。すでに入眠寸前で奴によりかかってい
る。奴はそれが自然なことであるかのように、なにも気にせずウーロン茶を飲んでいる。

「お前さあ、嫌なら嫌って言っていいと思う」

「え、僕？　別に嫌ではないよ」

「三十回も告白してきた相手にそれはそれでひどいと思う」

「そうかなあ？」

「南波美と西川が良いなら良いんじゃない。私もどうかとは思うけど。主に南波美のほうを」

ふたりと奴は、白崎階城中等部から一緒なのだという。藤枝が奴に一目ぼれし果敢に近づき、幼馴染(おさななじみ)の高山がそれに引っ張られる形で仲良くなったと。構図から行くと俺は邪魔者なのだが、ふたりは快く受け入れた。奴が俺を一緒にしたがるからだ。

良い友人関係だと思う。豊田とはあまりに毛色が違うので、辟易することもあるが。

文化の違いはあちらも同じだ。

「さっちゃん飲みなよー……」

「こらこら南波美、さっちゃんはまだ未成年だよ」

「二月生まれウケる」

「路上に置いていくぞ」

藤枝が再起不能になった頃合いで、藤枝と近いところに住んでいる高山がタクシーを呼ぶ。それがお開きの合図だった。俺と奴は同じ場所に帰るので、当然ともに帰路を行くこととなる。

数駅ある距離を、奴はいつも歩きたがる。深い夜の人気がない住宅街を並んで歩く。

「きょうも楽しかったなあ」

一滴も飲まない奴は、だと言うのに帰るころにはほろ酔い気分が出来上がっている。なんとなく覚束ない足取りだ。言動も心なしかふわふわとしている。

「お前らマジ暇なの？　なんで来るの？」

「だってさっちゃんが接客してるの面白いし」

「面白かねえよ」

「バイトなんてしなくていいのに」

「ずっとお前といると、感覚が狂う」

奴と出会ってからのこの三年で口座の残高はうなぎのぼりだ。大学に入ってからは家賃も食費も光熱費も奴持ちで、収入の割に使わないから順当に積み上げられていく。金銭的にはバイトをする必要はない。ただ『働く』という感覚をしっかりと保っていたかった。

大学も二年が終わろうとしていて、三年に上がれば就職活動が始まる。きっと日常は目まぐるしくなるだろう。すぐに四年になって、そうなれば卒業、奴と暮らす仕事も終わりだ。新卒の俺に支払われる給料は、それで送れる生活は、いまとは比べ物にならないだろう。

奴の世界と俺の世界は、本来なら一瞬も交わることがなかった。それが気まぐれで引っ張られ、もはや全身が奴の世界に浸かってしまっている。感覚も大分、奴に似通ってしまっているだろう。

それでは駄目だ。

俺は俺の世界に帰らなければならない。いつまでもここにはいられない。

そのための、準備運動のつもりだった。

「あと二年だね」

「……楽な仕事だったよ」

毒されている。

この安寧に随分と長く浸かり、手のひらまですっかりふやけてしまっているのだ。

呆れついでに空を見上げた。暗い、一月の空だ。三年前はほとんど毎日見上げていた。年齢をごまかして入れてもらっていた工事現場の深夜勤務。そのころの生息域は夜だった。そのほうが時給が高かったからだ。一円でも金が欲しかった。それが今では、金ではなく短時間でも入れるところを、とふざけた基準でバイトを選んでいる。

本当に、おかしな話だ。

いつかいまを思い出すとき、どう感じるのだろう。なんだかんだで夢のような毎日だった思うのだろうか。奴と暮らすだけで金が手に入った、夢を見ていたような不思議な時間だったと。

なんにせよ、もう終わりだ。

俺は俺の世界に戻る。すべてをここに置いて。

そうしなければならない。本当なら、ここにいて良いような人間ではない。

ゆっくり歩いてマンションに戻ったころには、深夜というより明け方だった。

これから眠るというのに、奴はキッチンに立つ。やがていい香りをさせたマグカップを俺の前に置いた。

豆から挽いたコーヒー。

香澄さんは、「香月の淹れたコーヒーは店に出せるレベルよ」なんて言うが、俺に違いは分からない。見よう見まねで淹れた俺のコーヒーを香澄さんはこき下ろすのだから、きっとなにかが致命的に違うのだろう。

口をつけても、やはり分からない。

黙って飲んでいると、向かいに座った奴がじっとこちらを見ている。なぜか嬉しそうに、微笑みながら。

なに、と訊くと、なんでもない、と、やはり嬉しそうな声で返ってきた。

「うわ、さっちゃんしかいない」

「西川は教授と面談、高山は授業」

入学式のときに見せた刺さるような険しい視線。いまでこそあんな目を向けることはしないが、藤枝の俺に対する扱いは随分なものだ。西川の前では普通に接するが、いなければ途端に雑になる。

空きコマになんとなく集まっている、談話室の一角のテーブル。そこに俺しかいなくても帰ってしまわずに——それでも一番遠くの対角に——座るのだから、蛇蝎のごとく嫌われている、ということでもないのだろう。

「香月はいつ来るの？」

「さあ、きょうはもう授業がないって言ってたから、終わったら来るだろ。でもどうだろうな、富永(とみなが)教授はあいつのことお気に入りだから、長引くかも。待ってろって言われた」

「あんたは香月のお気に入りね」

「便利なだけだろ」

雇用関係のことは言うな、という命は解かれていない。藤枝も高山も俺が奴に雇われていることを知らないのだ。しかし、同じマンションに住んでいることは知られている。そんな彼女たちに、俺たちのことはどう見えているのだろう。

せめてあの部屋がもう少し一般的なファミリータイプであれば、節約目的のルームシェアだと言えたかもしれないのに。あんな広い部屋に節約目的で住む馬鹿はいない。

「あんたは？　香月のことお気に入り？」

「お気に入りって」

「あんたってよく分かんない。一緒に暮らしてるから仲が良いのかなって思ったら、そうでもない空気感だし。そもそも、香月が突然紹介してきた人だし。それまで名前すら、香月の口から聞いたことなかった」

答えに詰まる。別にお気に入りでもなんでもなく、雇われて行動を共にしているだけだ。

「喧嘩とかしたことないの」

ない。俺がたまに苛々して嫌味を言うことがあっても、応戦してこない。奴が怒ったところを見たことがない。

しかし素直にそう言うのも、なんだか誤解を招きそうな気がする。決して仲が良いわけではない。俺は結構怒っている。奴が怒らないだけなのだ。

「しょっちゅうだ」

「へえ、最近はどんなことで喧嘩したの」

思い出すふりをして時間を稼ぐ。奴と暮らす前はひとり暮らしも同然だったし、同居する人間たちが喧嘩をする代表的な理由が思いつかない。

仕方なく、最近嫌味を言ったことを答えた。

「あいつが、スーパーじゃなくて輸入食品の店で胡椒を買ったこととか……」

「なんて？」

「胡椒なんて割高な店で買うもんじゃないだろ。どれも一緒だし。それをどこそこ産のこの粒の胡椒がいいとか言ってやたら高いのを買うから」

「別に香月お金あるんだからいいじゃない」

「それはそうだが、目の前でそんなことに金を使われると」

連ねようとした愚痴を藤枝は聞かず、興覚めしたようにふうんとだけ言った。

「でもそうか、仲が良くなくて一緒に住めるわけないよね」

仲が良い。藤枝のその表現をうまく吞み込めなかった。喧嘩をしないということが、仲が良いということなのだろうか。仲が良くないと一緒に住めない。

迷宮に迷い込もうとする思考を振り払おうとスマホを持ったら、ＬＩＮＥの通知が目に入った。名前は「Ｔ」とだけ表示されている。

すぐにトークを開くと、スタンプと画像がひとつずつ。スタンプはコーギーのキャラクターが「おめでとう」と言っているもの。画像には手の甲側から撮った大小ふたつのピースが入っている。眺めていると続けて、近況を兼ねたメッセージが送信される。

豊田だ。

涼花を伴って出て行ってから一年ほど経ったころ、知らないアカウントからメッセージがあった。言葉はひどく少ない。一緒に送信される写真にはいつも、ふたりの人物が見切れている。

最初はいたずらの類だと思って無視していたが、いつしか気が付いた。映っているのは豊田と涼花だ。

期間をあけてぽつりぽつりと送られる写真からは、いまでも豊田と涼花がふたりで暮らしていることが見て取れた。あまり多くを書くと両親に見つかるかもしれないからと、最小限の情報で送ってきてくれたのだろう。

気が付いてからは返信するようになった。最初は画像とスタンプのみだったやり取りも、いまでは普通に文章で会話をする。それがずっと続いている。

「どうかした？」

藤枝の言葉をいや、と返す。なにニヤけてんの、と言ってきたから、随分顔に出ていたようだ。

幸せであるといいと思う。

豊田から送られる近況は、順調なものばかりではない。係争中の事項もあるし、涼花も時折不安定になるらしい。きっと簡単ではないけれど。豊田と涼花という家族で、小さくとも幸せがあるのなら、そんなにいいことはないだろう。

ひとまずスタンプで返信する。画像をタップして見ようとしたら——画面が着信中のそれに切り替わる。表示された番号を見て息が止まる。

電話帳の、登録は消していた。

かけても出ないなら意味がないし、かかってくることもないだろうから。俺の人生にはもういないものとしたかった。

それでも頭は覚えていた。携帯電話など持っていなかった子どものころから、何度もかけた電話番号だった。

「悪い藤枝。電話出てくるわ」

断って談話室から出て、画面を見つめる。出たくないと思うのに、耐えかねた指先は勝手に受電を押下した。

五年ぶりか。

『史宏か？』

声に想起される記憶で、心臓が震えて駄目だった。罵倒のひとつでもしてやろうと思ったのに、体が硬直して言葉が出ない。電話口ではのんきな声で、おーいと呼びかけてくる。

幼いころから聞き慣れた声だ。

「……なんか用？」

日付を考えた。豊田のメッセージを思い出す。そんな自分が嫌になる。

まだそんなことを期待するのか。五年も連絡がなく、高校の入学も卒業もきっと知らない相手に。

『お前、もう働いてる歳だよな。金貸してくれないか』

耳に入った言葉を疑うほど、父を信じてはいなかった。

砕かれた期待の破片を顧みることもしないうちに、胸に虚しさが去来する。一抹の寂しさなんてものも訪れるのだから、ふざけた話だ。

震えが怒りによるものと思うために、できるだけ低い声で答えた。

「無理に決まってんだろ。いまどこにいんだよ」

『お前こそどこいるんだ？　家に行ったら違うやつが出て来た』

ボロアパートに行ったのか。引っ越して良かった、と思う。

電話番号が生きていたなら、母の葬式の留守電は聞いただろう。そのうえでこんなことを悪びれなく言ってくる。当てつけのように言葉を返す。

「母さん、死んだよ」

『ああ、知ってる。病院からめっちゃ留守電入ってた。忙しくてかけてねえけど』

「葬式もした」

『お前から留守電入ってたな。そんなことよりさ』

頼むよ、と粘度の高い声が聞こえた。耳に張り付いて離れない。

『たったひとりの父親を見捨てるのか？』

ああ、遺伝だ、と思う。この男の遺伝が、俺のなかに入っている。こんなくだらない人間に俺は形づくられたのだ。俺はこんなくだらない人間になるだろうか？

心がささくれ立つ。やすりで撫(な)でられるような感覚がする。

なんてことないはずなのに、こんなことで悲しむなんて。俺はまだ、愛されていないことを認められていないのか。

父のあれは愛だったのか。

俺は愛して欲しかったのか。まだ、望みを絶ち切れないのか。

母が死んだいま、俺を愛してくれるはずの人間は父親だけのはずなのに。それを罵倒するとともに諦める自分と、こころの奥深くでまだ、一縷もない希望を見ようと目をすがめている自分がいる。

そんなものは存在しない。だから望むべくもない。

なにが愛だったのか。

あれは愛だったのか。愛とはどんなものだったのか。

豊田と涼花の間にはちゃんと見えるのに。

この男に罪悪感を覚えて欲しかった。

「なあ、きょうなんの日か分かる？」

『きょう？　さあ、なんかあったか』

答えたくない。この父親になにを言ったところで、この感情が治まるわけでもない。

自分の子どもっぽさを味わうだけだ。

けれど感情を溜めておくこともできずに長い息を吐いた。切ってしまいたいのに、手が動かない。史宏、と、また父が俺を呼ぶ。

もう誰も呼ばない、俺の名前を。

「あんた本当に、母さんと俺のこと、愛してたのか？」

自分で聞いたのに、聞きたくない、と思った。肯定も否定も聞きたくない。

どんな言葉も愛にはならない。

目の前に人影が立った。目線を上げると当時に、スマホが奪われる。

おい、とも言い切らないうちに、奴はその透明な笑みを深くして制した。その笑い方が純粋に怒っているように見えて、初めて見るその感情に面食らっていると、躊躇いなく通話を切る。

「おまたせさっちゃん」

何事もなかったかのような笑顔でスマホが返される。通話画面が消え、待ち受けに戻る。

「さて、帰ろうか」

奴の背を追いかけて談話室に入った。奴はすでに俺の鞄を持って、こちらに押し付ける。

「あれ、南波美。授業は？」

にこやかに藤枝に話しかける。その表情に、先ほど見た怒りの片鱗はない。

「休講。帰るの？」

「うん。予約してるからケーキ屋さん行かなきゃ」

「あ、そうだ。忘れてた、はい」

藤枝が差し出したのはポッキーだった。赤い箱には、黒のマジックで『Dear SAKATA』と書かれている。少し躊躇って受け取ると、藤枝がからかうように笑った。

「誕生日、おめでとう」


その夜奴が用意した夕食は、クリスマスかと突っ込みたくなるようなお祝いメニューだった。ハンバーグとクリームシチュー、ふたりしかいないのに食後にはホールケーキ。

去年もこうやって祝われたのだ。

祝ってくれるのはありがたいと思うべきなのだろうが、あまり居心地のいいものではない。大仰すぎる、と思う。たかだか俺の誕生祝いにここまでしなくていい、と去年だったか一昨年だったかに言ったら、奴はきょとんとして、なにを言っているのか分からない、と言いたそうな顔をした。

奴にとって、「誕生日祝い」はこれが普通らしかった。こっちは誕生日プレゼントさえそうそう貰った覚えがない。

思い出しては惨めな気分になる。きょうは特に。

「二十歳おめでとう、さっちゃん」

これ以上ないほど嬉しそうな笑顔で、小さな包みを差し出してくる。なんで渡す側が嬉しそうなんだ。

　礼を言って開封すると、化粧箱に入った高そうな財布が出てきた。

「さっちゃん、絶対自分じゃ良い財布買わないでしょう？」

　俺が奴を見知ってきたように、奴もすっかり俺の性質を摑んでいるようだった。確かに良い財布を買おうと思ったことはない。金を入れるものに金をかける意味が分からない。

「……ありがとうな」

　生まれてきたことを祝われる、この世の摂理にどうにもなじめない。大事に育まれてきただろう人間たちに祝われるのだから猶更だ。

　――きょう？　さあ、なんかあったか。

　親にさえ覚えられていない誕生日だ。

　父親に罪悪感を覚えて欲しかった。

　現状にも、俺の心情にも。お前のせいでこうなったのだと当てつけのつもりでやったそれは平然と返ってきて、ただ俺だけを傷つけた。あの父親が俺の誕生日など覚えているはずもないのだ。期待した自分が甘かった。

　たったひとりの父親だと、父は言った。たったひとりの息子。たったひとりの妻。逆を問えばどんな反応をするだろうか？　愛しているときっと言うのだろう。

誕生日は嫌いだ。自分が生まれたときのことを考えるから。

自分は生まれてきたときに喜ばれただろうか？

愛とはなんだろうかと思う。父は母を愛していたのか、母は父を愛していたのか。

俺は誰かに愛されていたのか。

言葉は愛にならない。行動だけが愛たり得る。なら、父の愛は母や俺にはひとつも向いていなかったのではないのか？

父の瑕疵だらけの虚構の愛より、奴から渡される正体不明の言動のほうが、よっぽど愛のように見えるかもしれない。奴は至極嬉しそうにこちらを見ている。俺を見るときはいつもそうだ。その顔を見ると申し訳なくなってきた。

あまりに醜い感情に、奴を近づけさせてしまった。

奴には綺麗なものだけが相応しいのに。

「きょう、悪かったな」

「なに？」

「電話切らせて」

ううん、と奴は首を振る。

「むしろこっちがごめん、勝手に切って。でも誰から掛かってきてるのかもなんとなく分かったし、さっちゃんの顔も怖かったから、ちょっと僕も怒っちゃった」

「お前が怒ることはないだろ」

一緒に暮らし始めて二年が経とうとしている。それでも、奴の機嫌が悪くなるところも声を荒らげるところも見たことがない。きょうが初めてだった。

「怒るよ。さっちゃんを怒らせることに僕は怒る。そうだねいまは、さっちゃんが、なにかを我慢してるみたいで怒ってるかな」

「別に、してねえよ」

我慢。なにを我慢しているかと言えば、色々だ。怒りも悲しみも寂しさも。幼いころから我慢し続けていたから、今更表出する方法も分からない。本当ならきっと、泣き喚くのが正しい。

俺に拒絶された奴は、それでも優しく笑った。怒っているだなんて本当だと思えない。奴が俺に向ける視線はいつだって優しく、その温度で、溶けてしまいそうなほどなのだ。

「分からないなりに、僕が思うのはさ」

取り分けたバースデーケーキを、奴はフォークで小さく切った。

「さっちゃんはもっと我儘(わがまま)でいいし、もっと子どもっぽくていいよ。怒ったって仕方ないことに怒ったっていいし、それ以外どうしようもなかったことに憤ったっていい。泣き喚いて家のもの全部壊したって大丈夫」

意図したところが摑めずに奴を見つめた。どう反応すればいいのか分からない。

「さっちゃんの調査結果を初めて見たとき、あまりに僕と違うなって思った」

それはそうだろう、と思ったことは、言葉として口からは出なかった。

「だから幸せになってほしい」

なにを言われているのか理解できない。

違う。理解したくない。

俺は信じてきたのだ。愛など存在しないと。

愛のように見えるものの結末は悲惨で、だから本当の愛なんて存在しない。

存在を認めてしまえば、俺は本当に、愛されなかった人間になるから。

矛盾している。支離滅裂だと自分でも分かっている。

混乱の果てに俺の口から出てきたのはただ逃げるための提案だ。けれど心のなかにはずっとあったことだった。

俺の半分を形づくった父は、働かない人間だった。母にずっと甘えて生きていた。俺は奴に甘えているだろう。この状況は、父と似たようなものだ。

遠くに行かなくてはならない。この環境から、遠くに。

「契約、やめさせてくれないか」

奴の表情が一気に強張(こわば)った。

「いまの契約が終わる、三月で。ちょうどいいだろ、大学辞めて働くよ。友人としてならこれまで通りいるし」

「さっちゃん」

「お前もべつに友達がいないわけじゃなかったし。困らないだろ」

　途端に奴の表情が弱っていくのを、夢のように見ていた。どうしてそんな顔をする？

「僕は困るよ。困る……」

　奴は尻すぼみに言って、視線を彷徨わせたあとにまっすぐ俺を見た。説得するような口調で。

「いまはさ、大事なことを決めるべきじゃないと思う。お父様から連絡が来てびっくりしたし怖かったよね。きっと頭のなかがぐちゃぐちゃになってると思うから、ちょっと時間を置こう。ね？」

　どちらかというと、考えるのが嫌だったのだと思う。疲弊していたのだ。奴の言うことのほうが正しいように思えた。自分の考えはひどく幼稚で間違っているように思えた。ひとつ息をついて頷いた。呼応するように、奴が何度も頷く。

　奴の目を見た。固い表情は安堵の色に塗り替えられている。馬鹿だなと思う。馬鹿だ。俺が傍にいるのといないのと、大した違いはないだろう。

　長く見つめすぎたようだ。奴は照れたような顔をして、俺の目をじっと見つめ返している。その仕草にももう慣れてしまった。奴は笑って言った。その笑顔の裏にひとつも他意がないように見えて、泣きそうになる。

「生まれて来てくれて、ありがとう」

その目が、あまりに透明で。本当に心の底から思っているかのように言うから。

奴に祝われるときだけ、生まれてきたことを喜べる気がした。

「へえ、いいルームメイトだね」

「まあ……喧嘩は少ないです」

閉店後の焼肉店。他の従業員が退勤の支度をしているなか、一足先に私服に着替えた俺の前には、余った突き出しとグラスが置かれている。カウンターの向こうから瓶ビールを注いでくれようとするのは尾崎さんだった。グラスを持って受け入れる。

「性格の相性がいいのかな？　一緒に暮らすって大変だよね。自分だけの時間だったのに、良くも悪くも他人が入ってくるってことだし。どんなに好きでも、感情とは違うところが合わないと無理。っていうのは、彼氏と同棲解消した私からの金言なんだけど」

俺のグラスを満たしたあと、間髪容れず自分の手元のグラスに手酌し、こちらに突き出してくる。応えて控えめにグラスを上げると、もう、と言いながら身を乗り出し、少々強引にグラスをぶつける。ビールが零れた。彼女は一気に飲み干して、得意そうに笑った。

「はい、二十歳おめでとう」

尾崎さんは酒に強い。店での飲み会でも、普段とかけ離れた言動をするところを見たことがない。

小さなグラスの半分ほどを頑張って飲むと、尾崎さんが目ざとく見つける。

「ビール苦手？　二十歳になってから飲み会とか行った？」

「ビールはそれほど美味しいとも、不味（まず）いとも思わないです。飲みには、いつも店に来る連中とこないだ……」

背後を通ったバイト仲間が背中を叩く。

「お疲れ」

お疲れ様です、と返すと彼はグラスに残った半分を飲み干した。

「桜さん、強いから。頑張れよ。俺も去年それで死んだ。きょうの救急は莎久摩（さくま）大学病院だから安心しろ」

「こら！　あんたが酔っ払ったのはタダだからって欲張って飲んだからでしょ！」

尾崎さんに抗議されて、笑って去って行った彼は医療系専門学校の学生だ。輪番制であるこの地域の救急病院をいつも把握している。急性アルコール中毒での救急搬送が出ると、ここは評判がどうのと教えてくれるのだ。特にありがたくはないが。

「好きなお酒とか見つかった？　あるなら出すよ。試飲、試飲！」

「そのときは日本酒を飲まなかったんですよね、初心者向けの日本酒ください」

「初心者ならではの無謀なルート、いいねえ！」

二十歳になった従業員には、店の酒の試飲会を実施する——尾崎さんが始めたらしいそれは店と尾崎さんの折半で運営されていて、主にバイトからの評判が良い。店の酒の把握のためという名目だが、出しながら同じものを尾崎さんも飲むので、従業員からは『尾崎桜の趣味』と言われている。どう考えてもその認識は正しいのだが、実際、客から酒の味を訊かれることもあるので、有用ではある。

「じゃあ、これ！　甘いやつのなかでも好きなやつ」

カウンターにドンと置かれた一升瓶は、メニューとしてもよく出ている名前だ。お猪口に注いで出してくれる。

「どう？　どう？」

「なんかすごい喉に……うわ、甘くは、なくないですか……」

「んはは っ！　まだおすすめあるから！」

出されたお冷も並行して飲み進めていく。俺の飲み干し待ちをする尾崎さんは、その間自分でハイボールを作って飲んでいる。

「でもさあ、本当にすごいと思うんだよね。私なんて彼氏のこと好きだし、三年一緒にいて結構分かった上で同棲したけど、ちょっと駄目だったもんなあ。ねえ、喧嘩とかしたことないの？」

藤枝にも同じことを言われたな、と思い出す。奴と親しい藤枝にはごまかしたが、尾崎さんは奴のことを顔くらいしか知らない。なら別に、言ってもいいだろう。

「喧嘩、したことないというか。向こうが怒ってこないんですよ俺のすること。怒っていいような場面なんかいくらでもあったんですけど、怒らない。そんなに我慢してる感じでもない」

「いや本当にね、我慢って続かないから。ちょっと見て見ぬふりしようとか、これくらいで怒っても仕方ないよねってスルーしたことが、積もり積もって大きくなってこんにちはしたときに決壊するから」

「ですよね。それで俺は結構キレるんですけど、向こうはそれでも怒らないし応戦もしてこない。ずっと優しい……というか」

「遠慮してる？　愛されてる？　どっちかだと思うんだよなあ」

「うーん、どっちでもないと思うんですけど」

こうして言葉にしてみると、確かに変だ。いくら奴でも底なしの優しさがあるはずがない。まして別に怒りの感情がないわけでもないのだし。

俺の話に、尾崎さんが心地のよい相槌を入れてくれる。話が弾むと酒が美味しいのだった。最後のほうは試飲なんて考えずに、ふたりしてずっとハイボールを飲んでいた、と思う。

店を出た記憶がない。

目を覚ますとリビングのソファで寝ていた。

覚醒したときにまず覚えたのは頭痛、それから腹の気持ち悪さ。おかげで開いたまぶたをすぐにきつく閉じることになった。唸（うな）りながら身じろぎをすると、声が降ってきた。

「あ、さっちゃん起きた？」

奴の声だ。

「起きたのかな……あ、起きてるね。なにか飲む？　スポドリ飲ませたほうがいいよって南波美が言ってたんだけど、飲める？」

言われてやっと目を開けた。奴だ。俺に合わせてリビングで寝ていたのだろう、向かいのソファにも毛布が置かれている。

「飲む……」

情けないことにそれしか言えないのだが、奴は冷蔵庫まで行って冷やしたスポーツドリンクを持ってきてくれた。どうにか半身を起こす。脱水状態の身体と脳に、冷えた吸収効率のいい水分は効いた。一気に飲み干すと、体調もマシになった気がする。横を見るとソファと机の間にはまだ奴がいた。

「俺、昨日どうやって帰って来た？」

「綺麗なお姉さんの介助で」

「ああ……なんか棘がないか」

「ないでしょ。事実だし」

あると思う。なんだろう、奴の目は珍しくこちらを見ない。いつもは不躾なほど見つめて来るのに。

「別に……違う、怒ってないよ。そもそも怒る権利もないし」

空になったペットボトルを回収して、冷蔵庫から新しいものを持ってきた。受け取ろうと伸ばした俺の手をかすめて、ボトルはテーブルに置かれる。

「大丈夫。本当に怒ってないし。あ、でも今度から遅くなるなら連絡は欲しいかな。心配するから」

分かった、と言ったのを聞いたのか聞いていないのか、足早に奴はリビングを出て自室へと戻っていった。

と思ったら、すぐに部屋から出てきて、またソファと机の間に収まる。なんだ？　位置の関係でそうなっているに過ぎないのだが、上目遣いで奴が見つめてくる。

「ごめん、言い方が悪かった。帰って来なくて心配した。本当にそれだけだから、悪いように取らないでほしい」

悪いようもなにも。潰れて帰宅して介抱までしてもらった俺に返せる言い分はない。

「いや、いいよ。いいよというか、俺が悪い」

「ついでにもうひとつごめん。学費払った」

「学費」

「ほらうちの大学って学費払える期間長いじゃん？　こないだのさっちゃんのあれがあったから両親に言ったんだけど遅くて、僕のと一緒にもう振り込んだって。前期分」

頭が痛い。学費の問題でも契約の話に対してでもなく、ただ酔いのために頭が痛い。思考が働かない。払ったなら仕方ないだろう。俺は頷く。

奴は立ち上がり、卒業までの契約書がまとめて入っているファイルを取って、一枚をテーブルに置く。ペンを差し出してくるのでそのままサインした。

そこまでが限界だった。ソファにまた横たわる。喋ると戻しそうで、心配する奴の言葉に最低限のジェスチャーで返し、眠った。

数時間後目を覚まして、尻ポケットに収まっていたスマホを取り出すと、連絡が二件。

一方は尾崎さんだった。

『潰してごめん！　介抱は同居人さんに任せた！』

もう一方は藤枝。ほとんど使われない俺との個人トークに。

『香月に迷惑かけないでくれる？』

翌日尾崎さんにその話をしたら、店中に笑い声が響いた。

居心地の良い、幸せな悪夢のような。

なにかの間違いが、さらに間違いを重ねて続いているような生活だった。自分にはまずあり得なかった未来が実現され、是正を免れながら存在しているみたいだ。

毎日一緒にいて、それぞれ大学に通い、月に一度香澄さんに呼び出されて近況を話した。遅延なく給料は手渡され、積もり積もったそれは見たことのないような金額となって口座に詰め込まれている。

奴はあまりにも俺に甘かった。育ちの良さに起因する余裕ではないことは、さすがに俺も気が付き始めていた。しかしでは何故かと自問しても答えは持っていない。

知りたくもない。

変わることなく、日々は安寧を織り込んで積み上がっていった。

変わったことと言えば奴のピアノのレッスンが増えたことだ。毎月第三火曜日は解放日——だったのが、加えて第一火曜日も行くと言い出した。理由を問えば、「就職したら通えるか分かんないでしょ」と答えた。もとが常に休暇のような雇用契約だから、俺に大した違いはない。

日々は穏やかに過ぎて行った。俺にとってこれまでで最高に凪いだ数年間で、きっとこれから、こんなにも安心を感じる時間はないと思う。

学費を振り込んでしまっていた前期が終わり、後期の学費を納める時期になると奴は俺の説得にかかった。出られる環境なら大学は卒業したほうがいいとか、働くにしても大卒のほうが良い給料が得られるとか。またしても酔っていた俺は頷くしかなく、契約終了は持ち越された。狙ってやっているのだろうか？　そうだとしても、もう、いいと思った。

大学三年も終わりになると、のんべんだらりと大学生活を謳歌していた周囲も一気に就職活動へと流れ込んだ。俺も例外ではない。もう、いま辞めても卒業してしまっても大した差はないだろうと、抵抗をやめた。

契約も、学生生活も、終わりが見えていた。

西川の会社に就職しろと奴は言わなかったし、紹介してくれと俺も言わなかった。

きっと、それが最善だ。

契約が終わり、離れてしまえばきっと、もう会うことはないのだろう。

本当は少し、惜しむ気持ちがあった。簡単に捨ててしまえるような、ほんの少しの愛着だ。

奴が海に行きたいと言い出したのは、四年に上がってすぐのことだ。

厳冬が去った四月とはいえまだ気温は低迷している。泳ぐことは到底できないのに、どうして行きたいのか。まあいいじゃん、行きたいんだよ、といつもの笑顔を以て言われては、どうしても抵抗ができない。

藤枝はじめ奴と遊びたい人間は何人もいるのに、時に彼らさえ遠ざけて、ふたりきりでどこやらへ行きたい、と言うことがあった。真意は分からないが、近くにいる年数が四年にもなれば最善策はよく分かる。

海浜公園行きのバスは空いていた。乗客は俺と奴のふたりしかいない。だというのに、後方のふたりがけの椅子に詰めて座る。肩から肘までがぴったりくっつく。まるで暖を取るてんとう虫だ。距離感のおかしさにも大分慣れてしまった。

「眠い？」

バスの振動にうとうとしていると、奴が気遣ってそう言った。

「また遅くまでエントリーシート書いてたでしょう。ずっと電気点いてた。寝ていいよ」

奴の言う通りだった。言葉に甘えて、生返事をしてからまぶたを下ろす。背もたれに身体を預けていたのが、バスの揺れのせいで頭が奴の方に倒れてしまう。起き上がらなければ、と思う。思うのに、もう半分以上の頭脳はぐずぐずに溶けてしまっていて、体が動かない。動かす気も起きない。

声が聞こえた。

あまりに透いて通る、奴の声だ。

独り言のつもりだったのだと思う。奴にしてはあまりにも、寂しさの露呈した声だったから。

「さっちゃんは、忘れるんだろうなあ」

馬鹿言えお前みたいな奴のことを忘れられるかと思ったが、沈む意識に巻き込まれて、言葉にはならない。

次に意識が戻ったのは、バスが海浜公園に着く一分前だった。

海沿いの道路上に停まったバスを降りると、磯臭くて凶暴な海風が吹きすさぶ。奴の長めの髪がバサバサと乱れる。露わになるうなじを気にする様子もなく、歩き始めた。

砂浜の向こうで海は、風に呼応するかのように荒れていた。恐怖さえ覚えるような勢いで波が海岸を行き来する。階段を見つけて砂浜に下りると、奴はまだ砂が柔らかいうちから靴と靴下を脱いだ。

「え、入るのか」

「海来たらそりゃ入るでしょう。きょうあったかいし」

「あったかいって言っても、四月だぞ。夏にしろよ」

「夏に来るか分かんないじゃん」

言ったそばから、奴は裸足（はだし）で躊躇いなく波打ち際に歩み寄っていく。湿った砂に足跡をつけながら、とうとう水のなかへつま先が飛び込んだ。足首までを海に浸けて、

「つめたい」

「そうだろうな」

「さっちゃんも入ろうよ」

「俺はいい」

えー、と不平を表しながら奴は歩き出す。海岸線と平行に、波の泡を蹴るようにつま先を高く。奴は犬のようにはしゃいだ。足もとでは波が忙しく蠢（うごめ）いている。

「うーわ、さむーい」

「だろうな」

波の届かない場所を、奴と距離を開けて、並行に進んでいく。

「本当はね、こういうことすると怒られるんだけど」

「誰に？」

「姉さんとか、先生とか」

「先生？　ピアノの？　香澄さんは、まあそうだろうな」

香澄さんは行儀にうるさそうだ。俺も何度か叱られたことがある。

「さっちゃんといるとテンションあがっちゃって」

「俺のせいにするな」

歩く。

あいだには風が通る。空気しかない。

恐ろしいほど静かだ。美しい光景だった。

周囲には誰もいない。気配がない。人影すら見えない。

誰もいない浜辺には騒がしい波音だけが聞こえ、時折、透過の笑い声が響く。

話すことはしなくていい。あまりに穏やかな沈黙だった。過去のこととして思い出す。父母と暮らしていたとき、沈黙はいつも気まずさとともにあった。なにかを話さなければ、ふたりを笑わせなければ、この空気をどうにかしなければ、と焦っていたことを覚えている。

奴といると、そんな焦燥感はない。奴の沈黙はなにかを責めるものではないし、伝えたいことがあれば話しかけてくる。

安心できる。奴といると。

そこまで思い至って、少し笑えた。出会ったときはあんなに敵視して疑っていたのに。そんなものは消え失せてしまったらしい。随分な手のひら返しだ。

「珍しい。なに笑ってるの」

「なんでもない」

「もっと笑ってよ」

「言われて笑えるほど器用じゃねえよ」

「さっちゃんは、大学卒業したらどうするの」

「さあ。受かったとこに就職して、普通に暮らすかな。お前は？　西川の会社に入るのか」

「うーん、どうかな。姉さんとかは全然違う会社にいるし。いろいろ考え中、かな」

「もう四年だぞ」

「そうなんだよねえ」

　奴は繰り返し海岸を歩いた。消波ブロックの壁に行き当たると、水を蹴り上げながら大きな動作で回れ右をした。反対の端に着いたらまた折り返す。

　途中からは冷たさに耐えられなくなったのか波際から上がって、靴を履いてまた歩き出す。まるで惜しむようだった。奴の足跡は、なにかを刻むかのように続いている。

　最後には歩くのもやめて、波の届かないところで座り込んだ。隣に座るよう言うから横に座った。まだ日は長くない。すっかり暗くなり、星が見え始める。

「さっちゃんが笑ったの、本当に珍しかったな」

「そんなに笑ってないか？」

「うーん、初めのころよりは全然、笑ってはいるけど。でもあんな風に、たーのしーい！　って感じで笑ったのは初めて見たかも」

機嫌よく、奴が笑い声をあげる。

「ちょっと忘れられないな。カメラで撮っとけば良かった」

こちらを向く気配があり、向き合うと目が合った。

じっと目を見て、やっぱり恐いな、と思う。壊したくない。汚したくない。幸せであって欲しいと思う。この世のすべての醜悪さから逃れて続けていてほしい。そうして綺麗なままでいてくれたら、俺はこの世界の醜悪さを、少しだけ疑うことができる。

そしてその目を、俺に向けないでほしい、とも。

「ねえさっちゃん」

だというのに。

奴は言った。手を伸ばして俺の手の甲に指先を這わせて。まっすぐ、俺を見て。

「ずっと笑ってて。これからずっと、幸せでいて」

その言葉をそっくり返したい。けれどそうしてしまったら、歯がゆいほど甘い感情として奴に伝わってしまう気がする。それは違うものだ。

曖昧に笑って答えにした。奴も同じように笑い返して、空を見上げる。

手の先も見えないほど暗くなってしまった。

「……いつまでいるつもりだ？」

尋ねると、うーんと言いながらスマホを出した。時刻を見ようとしたのだろう、画面をつけると奴の顔がはっきりと見える。

「うわ、充電三パーしかない。あ、あー、もう駄目だ」

なけなしの体力を振り絞った起動だったようだ。三段階ほどに分けて光が小さくなり、消えてしまった。

「消えちゃった。時間も分かんないや」

「……八時二十六分」

俺のスマホはまだまだ元気だった。充電も八十パーセントある。

「あー、じゃあ、十分後に出ようか。たぶんバスがそれくらい」

奴にしては随分あっさりと引き下がった。十時くらいまでは平気でいると思ったのだが。

十分後、立ち上がった奴は尻についた砂をはたき落としながら言った。

「……忘れたくないなあ」

豊田からの連絡は間が長い。それなりに会話が続いたと思ったら突然更新が止まり、また間を開けて新しい画像が伝達される。忙しいのだと思う。

それでも豊田の生活については垣間見えた。仕事を頑張っていること、涼花が随分と大きくなったこと、時折喧嘩をしながらも、仲が良いであろうこと。

そのうち会いに行こうと思う。好感触の就職先はここから随分と遠い。地元から離れれば、豊田の両親に見つかることはまずないだろう。

戻るのだ、と思った。奴から離れて、元の生活に。

藤枝南波美に呼び出されたのは、八月の第三火曜日のことだった。駅前にいるから来い、とＬＩＮＥが突然来たのだ。通常運転の意味不明な行動に辟易としながら最寄り駅まで出ると、藤枝がひとりでそこにいた。

「なに」

「話があるの。香月のことで」

「……どっか入るか」

わざわざ奴のいない日に連絡が来たのだから、奴に関することだろうとは思っていた。共通の話題なんてそれしかない。ただ、具体的な内容は検討が付かない。

どこでもいいと藤枝が言うので、いつも香澄さんとの面談に使用している喫茶店に入る。癖でブレンドを注文したら、藤枝も同じものを頼んだ。

　コーヒーが来るまでの間、沈黙が広がる。いつも強気な藤枝はいつになく余裕のなさそうな表情をしている。そのせいで気が立っているように見える。言いづらいことなのか？

　ウエイターが運んできたマグを受け取る藤枝は、愛想よく礼を言ったはずなのに、こちらを見たときにはすでに敵意ある視線が出来上がっていた。

「……俺、なんかした？」

　思わず問うと、別に、と言う。気まずそうに続けた。

「あんた、香月と離れるの？」

　言葉に非難の色があったから、眉を顰める。

「香月から聞いた。就職決まるかもって。配属遠いって」

「ああ、それは、そう」

　香月と離れるの、という言葉の意味がうまく取れず、頭で噛み砕こうとする。奴と離れるのは本当だ。大学を卒業したら、俺は引っ越すことになるだろう。奴がどうするのかまだ聞いていないが、きっと離れることになる。藤枝は知らないだろうが契約も終わる。それが非難されるべきことだろうか？

　そもそも友人でもない。

「傍にいてあげないの」

「なんで。奴は別にガキじゃないだろ」

「あんた、本当に分からない？　気が付かないの？」

「だから、なにが」

藤枝の怒りに呼応してこちらの苛々も募る。まったく要領を得ない主張を解読しようとしても、材料が足りない。藤枝はなにに怒っているのか、それさえも分からないのだ。

「なんで香月があんたにあんなに優しいのか、分かんない？」

「そんなこと」

そんなこと。俺が知りたい。

……違う、本当は知りたくない。

「藤枝は知ってるのか。訊いたら教えてくれるのか？」

「……あたしは」

さっきまでの威勢が嘘のように黙り込む。しばしの、思考する沈黙を俺は待った。藤枝が出した答えを言うときには、もう強気が再構築されていた。

「あたしの口からは、言えない」

「なんで」

「香月の意向。言うなって言われてる」

「やっぱあいつか……」

「香月を責めないで！」

縋（すが）るような高い声が耳に触った。あまりに耳障りだった。恋に操られた女――そう思えた。藤枝は奴のことが好きなのだ。だから奴のことには従う。奴がなにを企（たくら）んでいるのか。その全容を俺は知らない。

知らないほうがいいと思う。だってもう終わるのだから。

これまで知らずにいたことを、この期に及んで知りたいとは思わない。

奴が言ったのだ、知らないほうがいいと。

奴は金を払い、俺は受け取る。三か月ごとに契約を更新しながら。それだけの関係だ。

「そんなに寂しがりなら、お前が近くにいてやればいいだろ」

「……本気で言ってるの」

藤枝に向けられる視線が嫌で、目を逸らしてマグを口に傾けた。

「ねえ、本当に、考えてあげてよ。いまだって、奇跡みたいな時間なんだよ」

「意味が分からない。きちんと話す気がないならもういいだろ、話はそれだけ？」

伝票を攫って立ち上がる。藤枝は追いかけて来なかった。

そのままマンションに戻りスマホを見ると、藤枝から新規のＬＩＮＥが入っていた。

『本当にごめん。きょうのこと全部、香月には言わないで』

ため息をつく。藤枝が、奴のことを大事に思っていることは分かっている。それがどんなに奇妙に見えても、俺の父親よりはずっと誠実に奴のことを好きなのだろう。奴を悲しませたくない。汚したくない。

この願いだけは、きっと藤枝と一致している。

ドラマみたいに、嫌な予感というものは一切しなかった。

五日後。温い風が、半袖から伸びる素肌を舐める。閉店した焼肉屋から出ると藤枝が待っていた。夏休みだから、会うのはあの喫茶店以来だ。

一緒に退勤した尾崎さんに別れを告げてから歩み寄る。藤枝は俯いたまま顔を上げない。

「……なに」

言ってから、少し冷たすぎたか、と考え直す。

「西川には言ってないよ、きょうはどうした」

少し優し気に続けた。藤枝は気まずそうに目を逸らしながら、それでも言った。

「用件は、こないだと同じ」

思わずため息をついた。俺はポケットからスマホを取り出して、履歴からコールする。

「……誰にかけてるの」

「西川。俺には意味が分からない。もう三人で話したほうが早いだろ。……出ないな」

＊＊＊

——ピアノの音が響く。

この音が好きだった。弾いているあいだ自分は楽器の奴隷で、指への意識と音の美を味わう以外の感覚はなく、忘れたいことも忘れてはならないことも、あらゆることを忘れられた。

四六時中弾いていれば、いつのまにか永遠を生きられるかのように思えたのだ。

そんなことはないのだと突きつけられたのは夜半のこと。

ちょうど彼のいない時間だったのが、良いことなのか悪いことなのか分からない。

傍にいてほしかったとも、見られたくなかったとも思う。

突如下がった視界にはピアノのペダルがあった。意識が遠のいていく。駄目だ。もう少し、もう少しだけ。

幸せだったと嚙み締めさせて欲しい。

たくさんのものを傷つけて、殺して踏みにじって間違った道を行ったその先には代償に見合うだけの——自分のための幸福があった。

すべての選択にどこまでも納得している。

地獄に行ってもいいと思えるほど。

――言わなくて、良かったな。

きみのことが好きだなんて。

＊＊＊

留守電になった。呼び出しを切って、再度コールする。

「出ない？」

「出ないい。珍しいな、いつもすぐに出るのに」

「香月いまどこにいるの？」

「たぶん、マンションに」

「家、家行く」

藤枝が歩き出す。はあ？　と雑に尋ねた俺の袖をぴんと引っ張った。

「いいから、早く！」

振り返った顔は、見たことがないほど逼迫（ひっぱく）している。

走り出す。

サンダルを履いた、小柄な彼女の脚はそれほど速くない。すぐに追いついて並走する。

「なに、どうしたんだよ」

「うるさい、いいから走って！」

マンションまでは電車で数駅ある。いくらなんでも走るより乗車したほうが速い。藤枝を誘導して着いた駅にタクシーはおらず、仕方なく電車に駆け込んだ。

車内の案内画面を見上げる。マンションの最寄りまで三駅。藤枝は電車に乗ってからずっと、奴にコールを続けている。

連続する意味不明な言動に不快感が増していた。誰も彼も、なにひとつ説明をしない。

「なにも言いたくないなら巻き込むなよ」

手元の画面から目を離さず、藤枝は考えるように黙り込んだ。やがて、震える声で言う。

「香月になにもなかったら、忘れてね」

――なにも知らないほうが良かったって思っても、知る前には戻れないでしょ。

入学式の日、奴に言われたことを思い出す。あのときは、知ると俺に害が及ぶことのように奴は言っていた。犯罪がらみのことだと思って知らないことを選択した。だけど違うんじゃないのか。知られたくなかったのは。

戻れなくなるのは、奴のほうじゃないのか。

電車が最寄りに着くと、藤枝を置いて走った。駅からマンションまでの平坦な道を全力で走り抜ける。頭のなかでは必死に思い出していた。母が自宅で体調を崩したとき、どうしていたか。どこの誰に電話をかけ、なにを言ったか。

体当たりをするみたいに玄関扉に取り縋って、もどかしく鍵を開ける。室内の冷気が汗だくの首元を捉える。

西川、と叫んでも返事がない。リビングの扉から明かりが見えた。

一瞬、奴はいないかのように思えた。

ピアノ椅子から崩れ落ちたように、絨毯の上に横たわっている。

「西川！」

呼びかけると明瞭な返事はなく、ただうめき声だけが口から漏れる。

ポケットからスマホを取り出す。電話帳を開いてコールをした。まだ通じてくれ、と願う。

玄関から大きな音がして、高い声が奴を呼ぶ。リビングに入ってきた藤枝に場所を示すと、雪崩れるように奴に縋った。

揺らすな、と小さい声で制したとき、呼び出しが終わる。出たのは看護師で。

　事情を話すと、音楽に切り替わる。

　奴がいつも弾いていた、あの曲に。


　保留音が嫌いだった。

　母の体調が悪くなり病院にかけると、いつも聞かされた音楽だ。それが長ければ長いほど焦り、早くしてくれと祈る。その間にも母が死んでしまうのではないか、嫌だ死なないでくれ生きていてくれと、すぐ横まで迫り来る現実を押し戻していた。

　それをまた、味わうとは思わなかった。

　救急車は思ったより遅かった。体感がそうというだけだから、実際に何分だったかは分からない。ともかく藤枝と一緒に乗り込んだ。奴の生年月日を聞かれてすらすらと答えられた自分に驚いた。思ったより注意深く見ていたのかもしれない。

　莎久摩大学病院。運び込まれたのは見知った建物で、だからかは分からないが安心した。ストレッチャーで奥へと行く奴を尻目に、看護師に促されERの外に出る。

　藤枝はどうすればいいか分からない様子で、ただ後ろをついてきている。出てすぐは外来の待合だった。ベンチに並んで座って、俺も藤枝も無言だった。

　不安と焦燥から心臓の早鐘が止まらない。紛らわそうとして乾いた笑いと一緒に出た話題は、あまりにも不適切なものだ。

「西川の病気、俺の母親のと一緒だわ」

「さっちゃんのお母さん、って」

「死んだ」

救急車で奴の顔を見るしかなく、ぐるぐると考える脳裏にずっと映っていたのは母親の顔だった。心臓病を患っていた母は、手術室に入ったきり生きて帰っては来なかった。術中に血栓が脳に飛んだ。ない話じゃない。まして手術内容を考えれば予測はできていた。医師からの説明もあった。それでも、そんなことがあるはずないと言い聞かせて送り出した。

奴は死ぬだろうか。

鼓動はあった。息もしていたはずだ。救急車を待つ間何度も確認をした。本当に？　本当に？　俺の妄想じゃないのか？　事実だったとして、意識は薄かった。戻ってくるのか？　本当に？

床を睨みつけていた俺の肩を、ゆっくりと叩く手があった。とっさに上げた顔の先には見知った顔。

「史宏くん？」

頭脳が彼女を認識した途端、じわりと安心感が滲む。

「吉野さん」

看護師のユニフォームを着た女性がいた。入院していたとき、よく母の担当看護師をしてくれていた。相変わらず、ポケットにはぱんぱんに筆記用具や医療器具が差さっている。

「どうしたの？　どうしてここにいるの？」

「友人、が運ばれて」

「お友達？　史宏くんじゃなくて」

「俺は、大丈夫です」

「そう。体調はどうもない？　いまはなにしているの？」

制御できない心臓の速すぎる鼓動を、吉野さんの穏やかな話し方が鎮めていく。

「なんともないです。検査、ずっと来れてなくてすみません。いまは大学生で。こっちは同級生です」

指し示した藤枝のほうを見て、優しい笑顔でこんばんは、と言った。

「そう、大学生になったの。頑張ったね」

彼女にとって、俺はまだあのころの、中学生や高校生のときのままなのかもしれない。

検査にはおいでなさいね、と言って、肩をぽんぽんと叩いて、ＥＲへと向かった。

「検査って、なに」

固い声で藤枝が言った。

「母親の——奴のもだけど——病気、少しの確率だけど遺伝するやつでさ。一度検査だけしときましょうか、って言われてたんだけど、金がなくてずっと来てなかった。忘れてたな……」

「ちゃんと受けなさいよ」

「分かってる。受けられるよ、いまなら」

あのころは生活するだけで精いっぱいで、いくら致命的でもあるかないか分からない、ほとんどないような心配を解消するために何食分もの金を払うことはできなかった。金銭的にも心理的にも、そんな余裕はなかった。

奴に贈られた金のことを考える。最初の百万円、それから、ひと月ごとに渡され続けた金の事。今後必要があればきっと、それらが俺の命を救うのだろう。

「なあ、一番大事なことは言わないって、どういうこと」

電車で藤枝が告げたのは、奴の持つ心臓病のことだった。幼いころから手術と入退院を繰り返して来たこと、藤枝も高山も、高校まで一緒だった同級生はみんなそれを知っていて、同時に奴から、俺には言うなと口止めをされていたこと。毎月第一と第三火曜日にいなくなるのは、ピアノのレッスンではなく通院日だったこと。

いつもは相手に心配をさせないようにとすぐに出る電話に奴が出なかったから、あれほど取り乱したのだという。そしてその悪い予感は当たっていた。

そうして藤枝は言った。一番大切なことが、まだあると。

「それは、ちゃんと香月から聞いて」

願掛けのようだ。奴が生きて俺とまた話せるのか分からない。父は突然消えた。母は突然死んだ。そんなことはいくらでもある。

本人から聞くべきだとも思うし、聞きたくないとも思う。

「史宏くん」

飛んだのは男性の声。スクラブを着た男性医師が立っていた。

「すみません、突然電話して」

「久しぶりだね。いいよ、電話番号が変わってなくて良かった。それにしても運がいい。史宏くんは知らなかったんでしょう？　香月くんがここの患者だって」

藤枝が問いかけるようにこちらを見る。視線を見つけた先生は片膝をついて、弓原です、と藤枝に向けて名札を示した。いつのまにか心臓外科の部長となっていた。

「弓原先生。俺の母親の主治医だった先生。……西川の主治医なんですか」

「そうだよ。彼が小児科にいたときから関わってるから、付き合いは長いかな」

母の容体が悪くなっていたころ、先生は特別に、院内で使っている携帯の番号を教えてくれたのだった。本当は駄目なんだけどね、お母さんの様子が心配になったときは、ここに電話をしていいよ、と微笑みとともに渡された番号を、母が死んでからも消していなかった。

それにかければ、交換手ではなく先生本人か近くにいる看護師が出る。

変わらない柔和な笑みを見せて、先生は俺と藤枝を促す。

「おいで」

隣を歩くほんの僅かな間、先生は言った。

「香月くんが、君をちゃんと見つけられて良かった」

案内されたベッドには奴が横たわっていた。モニタに表出される、少しいびつだが規則的な鼓動。酸素マスクをつけられているが顔色は悪くない。

生きている。

俺は深く息をついた。藤枝は涙ぐんで、ベッドの柵を握りしめている。

「安心した？」

「しました。落ち着いてるんですか」

「小康状態、よりはいい感じかな。目も覚めるよ、大丈夫。いま入院の手配をしてる」

先生は背もたれのない丸椅子を出して、座るように言った。藤枝の視線を遮るようにカーテンを引いて、はい、こっち向いて、ちょっとごめんね、と声をかけながら俺に聴診器を当てる。

「うん、綺麗な音だ。ところで検査入れていい？　なんにもないと思うけど念のため」

「さっき吉野さんにも言われました。お願いします」

先生はカーテンを戻し、パソコンの置かれた台車に向かう。こちらに画面が見えない位置取りで、カタカタと打ち込み始めた。カルテを書いているのだろう。邪魔をしてはいけないいだろうかと黙っていると、先生から話しかけられる。

「怒らないであげて欲しいんだ」

顔をあげると、目線はそのままに先生はやはり笑んでいた。いつも笑っていた。診察のときも、病状説明のときも、入院中も、手術の前も。俺の前の彼から笑顔が消えたのは一度だけだ。母の死を告げたときだけだった。だから、心のなかでなにを思っているのか分からない。

弓原先生が優しいことは事実でも、現実はいつも優しくない。

「史宏くんがどこまで知っているのか、香月くんがどこまで話してるか知らないけどね。またいつ会えるか分からないから、言わせてほしいんだ。怒らないであげて」

「……怒る理由がないでしょう」

「どうかなあ、史宏くんは正義感が強くて潔癖なところあるからな」

「心臓病のこと、隠されていたんですきょうまで。周囲はみんな知ってたみたいなのに俺だけ。騙されてたなって、それは思いました」

ふふ、と先生が笑う。

「うん、それはね、僕も口止めされてた。僕が患者さんのことを第三者に言うことはないんだけど、念を押されたね」

奴の鼓動に合わせてモニターから音が鳴る。規則正しいようでたまに飛ぶその音が、俺を不安にさせる。正しい鼓動はこうではない。

パソコンの操作を終えて、印刷機から吐き出された紙をこちらに差し出す。検査の予約票だった。大人しく受け取ったあとも、先生はこちらをまじまじと見る。

「史宏くん変わったよ。なんていうのかな、大人になったなとも思うし、相応に子どもみたいになったようにも見えるし、うーん。鋭さが減った。丸くなった？　これも違うな」

指先で自分のあごを摑んで考える。そうだ、という感嘆とともに言われた言葉は確かに、奴から渡されたものを言い当てた。

「安心を知った、って顔だ」

＊　＊　＊

調査員は淡々と述べた。

「――学校には、いまは行っていないみたいで。働いていますよずっと。昼も夜もなく。アルバイト先の人間に訊くと、金が要るんだと言っていた、と。そりゃあ両親がいないんじゃ金は要るんでしょうけど、住んでいるアパートの家賃は安いですし、そこまで稼ぐ必要はないように思えるんですよね。医療費は月々少額ずつの返済をしていますが、月にいくら稼いでも入れている額は一定みたいで。父親に借金があるのも知らないと思うし。もう少し調べてみますよ」

聞きながら思い出したのは、いつかスタッフステーションから聞こえた、看護師さんたちの世間話だった。

「お葬式は？」

「しないんだって」

「そっかあ。まあ、お金はないよね。病院へのお金も滞納してるし、史宏くん実質ひとりだし」

「でもねえ。……あの子、これからどうするのかな」

彼の、笑っていた顔が思い浮かんだ。母親といるときには優しく微笑み、ひとりでいるときには頑なに無表情を貫く彼だった。強い人間であることが分かっていたから、看護師さんの話を聞きながら思ったのだ。

どうする、もなにも。

彼ならきっと、母親の分も強く生きていくのだろう。

桝月さんに頼んで、夜半の工事現場に行ったのは調査のためだった。完全に昼夜逆転した彼が外出するのはほとんどがアルバイトのためだったから、そうしないと会えなかった。姿を見ることもできなかったのだ。

会いたかった。一目見るだけで満足できてしまえば、終わりにしてしまってもいいと思っていた。

彼の姿は、すぐには認識できなかった。

約一年ぶりに見る、優しく微笑み車椅子を押していたはずの人は、随分と痩せてひどい顔色だった。その目は以前よりずっと鋭く、赤色灯を振りながら働く表情には、一切の優しさが見て取れない。

駄目だ、と思ったのは直感だった。

駄目だ。これはあの時の彼じゃない。想起されるのは病院で散々見た、様々なことを諦めてしまった人の表情だった。

こんなにも生きる意志に乏しくなってしまったような彼には、しかし金が必要なのだという。

——なんのために？

考えて、ひとつの結論に至ったとき、

「……優しい」

思ったのはそれだけだった。すべての会話と情報がつながって、きっとそうなのだろうと思うに足る想定は、悲しいものだ。

きっと彼は、最期に務めを果たそうとしているのだろう。自分勝手に、けれど確かに強いられて始めた防人（さきもり）の務めを、まっとうしようとしている。母がいなくなれば自分の命などお役御免だとでも思ったのだろうか。

それでも、そのうえで、自分ではなく他者のためを考えるだなんて。

最期の最期まで、彼は優しい。

運転席の桝月さんにメモ用紙を貰って、住所を書いた。話を聞いてもらえなければ、無理矢理にでもこれを渡そう。

目論見（もくろみ）は奇跡みたいにうまくいった。すべては彼の優しさのなせる道程だった。

自分はどうなってもいいと思った。けれど彼には幸せになってほしかった。だから突っ走ってしまったあとで、どうやって畳もうかと考えていたのに、答えは出ないままだ。

幸せが過ぎたんだ。

終わることを、考えたくなかった。

彼の前で倒れ、そうして目を覚ましてしまったいま。

ああ、なんて言えば、良いんだろうな。

＊＊＊

意識が戻った奴と会ったのは四日後のことだった。香澄さんに案内された個室に入ると、なかにいた西川の母は俺に椅子を勧め、微笑みかけて出て行った。

ベッドに座る奴とふたりきり、取り残される。

いままでは大仰な管はいくつか減っていて、顔色も随分と良くなっていた。

なんと言えばいいのだろう。いつかのように迷っていると、しばらく経って奴のほうが口を開いた。いつもとは違う、僅かに掠れる細い声だった。

「本当はさ、こんなつもりじゃなかったんだ」

少し微笑んだ口角と沈黙。考えているときの奴の仕草。俺は待った。

「ここまでだって思ってた時間が、まだあったみたいでさ。それに甘えてるうちに、全部走れるって思っちゃったんだ。五年間過ごして、さっちゃんと別れて、そのあとに終われるんだって、願望だったけど、信じたんだ」

いつもに比べて、あまりに歯切れが悪い。

怒らないであげて、と弓原先生は言った。怒るはずがないと思っていたが、病室に入るまではほんの少し怒りを持っていた。

どうしてなにも知らせなかったのか。どうしてどこまでも隠し通したのか。病気のことを知っていれば、少なくとも俺は不用意にバイトに出ることはしなかっただろう。そんな疑念も不満も、奴の顔を見たら消えてしまった。いまはただ、仕方ないなと思う。奴に協力していた藤枝たちも、きっとこんな感情を味わったのだろう。

西川香月が決めたことなら、仕方がない。

「そんなにうまく行くかよ」

自分から出た声音が思ったよりずっと優しく、安堵した。

「そうだよね、甘いね。みんなに協力してもらったのに、失敗しちゃったな。ごめん」

「最初から。詳しく話せ」

「……戻れなくなってもいいの？」

「もう遅えよ」

奴は笑いながらひとつ頷いて、シーツを摑む自らの指先を見つめた。すべてを奴の声で聴きたかった。促すこともなく、その指先を見つめた。

「一番最初はね、ここだった。莎久摩大学病院。中学生のころだったかな、お母様の車椅子を押して、中庭を散歩してるところを見かけたんだ。すごく優しい顔をしてたんだよ。たまに来るお父様はよくなにかで怒りだして看護師さんに止められてた。その度にお父様に嚙みついて怒られてたな。やっぱり、ずっと優しいんだ。怒られて泣いても、お母様を庇うことを止めなかった。こんな優しくて強い人がいるんだって、思ったな。

何度か入院して、通院して、その間に見かけるときも見かけないときもあったけど、楽しみだった。話せなくて良かったんだ。見てるだけで十分だった。その優しさを目にするだけで十分に癒されたんだ。そのうち全然見なくなって、でも仕方がないなって諦めてた。だって名前も知らないんだし。ここは病院だから、来なくなったらそれで終わりだから」

恐らく母が死んだからだろう。確かにそれからは金を稼ぐことに必死で、医療費を滞納したままの病院になんてほとんど来なかった。

「でも高二のとき、弓原先生に言われたんだよね。心臓が悪くなってるって。僕の心臓ってもともと丈夫じゃなくて、何回か手術もしたんだけど、結局再発したり。あんまりうまくいかなくて。普通の人よりは長くない、とは生まれたときから言われてたんだけど、悪くなってるのが想定より早いって。

先生にそう言われたとき、思い出したのはその人のことだった。

話せなくてもいい、見てるだけでもいいって思ってたけど、死ぬまでにもう一度会えないかなって思ったら、どうしても話したくなったんだ。家族に我儘を言って、人に頼んで調べてもらって、身元を突き止めて、会いに行った。夜の工事現場に」

初めて会ったときのことを思い出す。微笑んで、こちらに寄ってきた奴は、いま考えると随分動作が固かった。緊張していたのか、あれでも。

「本当はさ、見に行くだけのつもりだったんだよ。だけど、そのとき見たさっちゃんは全然予想と違ってて。いまにも死にそうだけど、必死にずっと働いててさ、なんでだろうって思った時に、分かったんだよ、さっちゃんは優しいから」

優しくねえよ、とは、言わないほうがいいのだろう。奴にとってそう見えている、それ以上にそう評されることの根拠はないように思えた。

奴の慧眼(けいがん)は、しっかりと機能しているようだ。

「お母様のお葬式をあげてから、死のうとしてるんだろうって」

否定も肯定もできなかった。明確にそう計画して働いていたわけではない。けれど豊田も言っていたように、少なくとも周囲からはそう見えていたのだろうし、なにより自分自身、生きている理由は母の葬式を上げるためだと自覚があった。

それが終われば俺の人生に意味はないと。納得さえしていた。

「君が死ぬと思ったとき、勢いで話しかけて、住所を書いたメモを渡したんだ。そこからはもう行き当たりばったりで」

奴は拾い上げたのだ。俺の捨てたゴミ袋と一緒に、意味や感情や、他のすべても。

それがどれだけ、独りよがりだったとしても。

「死んでほしくなかった。永遠に、君を幸せにしたかった。……違う、違うね。僕が一緒に居たかったんだ。君に、生きて傍にいて欲しくて、お金で買った。契約で縛れば、さっちゃんは簡単にはどこかに行かないと思って」

そこでようやく、奴が再度こちらを向いた。微笑んだ美しい瞳はそのままで、周囲に海ができている。それを溢（こぼ）すことなく、透過の声で言った。

「分かってる、全部間違ってる。だけどそれでも良かったんだよ。さっちゃんに隣にいて欲しかったんだ」

――買わせてくれない？　君の時間を、月二十万円で。

奴は俺を金で買った。あまりにも間違っている。けれどなにも間違っていない。目的のためにはこの手段しかないと、たったひとつの正解を導き出したのだと言えるほど。

好きだよさっちゃん、と躊躇いなく奴は言った。

「一生でいいから、傍にいて」

言葉は愛にはならない。行動だけが愛たり得る。奴のことを考えた。奴の行動は、きっと出会ったときから愛しかなかった。

愛。

そんなもの、ただの空虚な箱でしかないと思い知っているはずなのに。あの凄惨な結末はどうやっても覆らないのに。まだなにかを見たいのか。見る勇気があるのか。

自問を繰り返しても答えが出ない。

「全部、俺のためか」

虚をつかれた奴は目を見開いた。衝撃で海が決壊する。奴は首を振って否定している。奴の顔ではなく、流れていく雫を目で追う。落ちたそれは白い布団の色を濃くした。

「捨てても良かった。……でもお前が拾った」

捨てても良かった。なにもかもを捨てるつもりだった。母の葬式を終えたあと、残るものはなにもないはずだった。

奴の決断と行動はあまりにも自分勝手で独りよがりだ。

けれど確かに、母の葬式を終えたいま、残ったものがなにもなかったとは言えない。手に残りいま持っているものを、いくらでも挙げられる。奴に渡されたものばかりだ。

箱の中身は最初から満たされていた。俺がいつまでも開かなかっただけで。

鞄からファイルを取り出す。リビングに奴が置いていた、契約書の入ったファイルだ。

西川邸で最初の契約を交わしたとき、十七枚あった。もう二枚しかなかった。十月からのものと、一月からのもの。両方を抜き出して、丸める。ゴミ箱に投げれば綺麗に入った。

「俺は多分、お前と同じ形では、好きにはなれない。それでもいいなら傍にいてやる」

ぼろぼろと涙を流す奴の目はずっと澄んで綺麗だ。

いまなら手を伸ばし、それを摑んでみたいと思える。

砂の城だ。分かってもなお、決断は変わらない。

「一生、傍にいてやる」

奴の目が恐かった。

温かな――まるで愛なんてものがこの世にあるのだと錯覚させるほどの、温かなその目が確かに俺を見つめていることが。

ずっと恐くて堪らなかった。


病室を出てエレベータに向かうと、談話室に西川一家がいるのが見えた。香澄さんと目が合い、連れてこられたのは病院の中庭。ふたり並んでベンチに座る。

「ここで、俺を見たって」

「みたいね。私は知らないけれど、香月からよく聞かされてたわ」

昔から変わらない中庭。中庭と言っても四方を囲まれているわけではなく、複数ある入院病棟の間を縫うように道が舗装されているだけだ。周囲に簡単な花壇があり、スロープがあり、ベンチが点在している。

心臓外科病棟からほど近いここには確かに母を連れてよく来ていた。閉鎖的な病床で、ここだけが『外の世界』と接しているように思えたから。

「全部聞きました。聞き終わってもやっぱりよく分からないところもあるけど、いままでのことは合点がいった。たくさんの候補から俺にしたんじゃなかった」

「そう。さっちゃんじゃなきゃ駄目だったの。正直最初はびっくりしたわ。香月に聴いてた『優しい人』とは随分印象が違ったんだもの。でも少し経てば、さっちゃんがさっちゃんで良かったって思えた。いまもそう」

香澄さんがこちらをじっと見る。奴と似た、温かい目だ。

「香月を見捨てないでくれて、ありがとう」

「俺がどうしたか言ってないのに、よく分かりますね」

「さっちゃんは優しいし正直だから。拒絶してたらもっと気まずそうで罪悪感に塗れた顔してるわよ」

ははは、と出た笑いは乾いていた。

ここの風景を見ていると様々な場面を思い出す。母の車椅子を押して散歩したこと、怒鳴る父を諫めたこと、父が消えたと母に告げたこと。

この病院で生まれた様々な醜い感情を。

俺はひとつも優しくなんてなかった。

ただずっと怯えて、怒って、あらゆるものを羨んで恨んで憎んでいただけだ。

奴が見た俺はきっと本当の俺じゃない。

だけど、それでもいい。

「奴の好きな相手が、俺で良かったと思います」

好きだよさっちゃん、と言われたとき、俺の胸に生まれた感情はそれだけだった。

香澄さんは眉間に指先を当てた。

「……なんて言ったらいいか分からない」

いつもの笑顔を微塵も見せずに固い顔をした香澄さんの言葉を、俺はよく理解することができた。きっと辿り着くのは母と同じ場所だ。

「さっちゃんが、香月の傍にいることを選んでくれて本当に良かったと思ってる。でもそれってつらいことでしょう。私は家族だから当然だけど、さっちゃんは巻き込まれたようなものでしょう。……あの子の寿命が延びるわけじゃないもの」

どれくらいなんですか、と訊く前に、香澄さんは答えてくれた。

「……そんなに長くない。じゃなきゃあの子も、あなたに傍にいて欲しいなんて言わない」

「そうですか」

立ち上がり、近くに見えていた自販機に歩いていく。着いてきた香澄さんが財布を出した。

「買ってあげるわよ。なにがいい？」

「ブラックで。……試してみたくて」

「試し……なに？　飲んだことないの？」

訝（いぶか）しがりながらもブラックコーヒーを渡してくれる。香澄さんはストレートティーを手にまたベンチに戻る。

歩きながら、俺はプルタブに指を掛けた。冷えた香りが立つ。その時点でなんとなく分かったが、思い切って傾けて、一口飲んだ。

笑ってしまう。

コーヒーを飲んだだけで突然笑い出した俺を振り返り、香澄さんが心配してくれる。その間も笑いが収まらなかった。こんなことってあるのか。貧乏舌だからなんでも美味しいなんて、そんなことはなかった。

「――まっずい」

「……人に買わせておいて？」

「や、すみませんそういう意味では。長い間、市販のコーヒー飲んでなかったんですよ。

もともと好きじゃないし、水分補給にはならないでしょう」

再びベンチに座る。もう一口飲んでもやはりまずい。

「飲むときといえば香澄さんと喫茶店でか、奴が家で淹れてくれるときで、でも美味しさとかよく分からなくてインスタントと同じじゃね、とか思ってたんですけど、違いました。味、違います。奴の淹れてくれたコーヒー、うまかったんですね」

「だからずっとそう言ってたじゃない。ありがたみ感じずに飲んでたの？　……じゃあ、もう香月のコーヒーなしにはいられないわね」

「……そうですね」

奴は俺になにをしただろうか。

一緒にいた四年間を思う。数え上げても数えきれない影響を、きっと俺に与えているのだろう。コーヒーも暮らし方も。望んだわけではないことも。意識できないことまで。

どれほど拭ってももう取れない。

欠けていたところをいつのまにか奴が満たした。

「俺は奴に、きっと、たくさんのことを教えてもらったんだと思います」

「あの子は、自分が幸せになるほうに走っただけよ。だから貴方に遠慮してたの。後ろめたかったの。さっちゃんの気持ちなんて見ないふりしてここまで来たんだもの」

「遠慮ですか」

「そう。さっちゃんと一緒に暮らしている間、あの子あんまり怒らなかったでしょう。本当はね、言ってたの。怒れないって。さっちゃんの優しさに漬け込んで暮らしてるのに、僕はなにも怒る権利がないって。後ろめたくて、遠慮してたの」

香澄さんの言う通りだ。だから誰もが、奴を責めるなと乞う。奴の傍若無人ぶりを認めながら、その感情はもどかしいほどに分かるから。責められる理由があると思いながら、責められないでほしいと願うから。

俺だってそうだ。

宝石のような人間だと思った。高価で高貴で選ばれた人間の手のなかにしか入らない。俺のようなもののもとにあるべき人間ではない。

なのに、なんの間違いか転がり込んできたから、どういうわけか俺を選んだなんて言うから、大事にするしかない。

大事に仕方なんて分からないけれど、奴に教わった大事に仕方で、大事にしたいと。

そう、願ってしまった。

「奴を幸せにできるのが俺で、良かったです」

それでも。

きっと終わりはすぐに来る。

すぐにバイトを辞めた。出ているシフトを以て辞めさせて欲しいというのはあまりに無責任で、けれど引き下がるわけにもいかない。奴の許可を得て、『同居人の病気の世話をする』とだけ事情を話して、ほとんど無理矢理に納得してもらった。

一緒に帰ろうと尾崎さんに誘われたのは、最終日のことだ。

帰りが一緒になることはよくあった。尾崎さんは社員として俺は少ない男性バイトとして、閉店までいることが多かったから。けれどわざわざ事前に言われたのは初めてだった。

尾崎さんの路線は俺とは反対だった。駅までの短い距離を並んで歩く。

「寂しくなるなあ」

「突然ですみません」

「ううん、正直さっちゃんが抜けるのは痛いけど、お店なんだからどうにかなるよ。それより辞める理由がさっちゃんらしいなって。同居人さんのためなんて優しい……優しいは、違うか」

「違うかもしれないですね」

だよねえ、と尾崎さんは笑う。躓くように静かになる。

「……でもまあ、どっちにしろもうすぐ就職でしたから、そんな変わらないですよ。お世話になりました」

「お世話してもらったのはこっち。さっちゃんよく気が付くから、従業員やお客さんからも人気あったし、助かったよ」

「いや、多分結構怖がられてましたよ」

尾崎さんはそわそわとして、話題を探しているようだった。思考のための沈黙を破るように俺が話しかける。

「彼氏さんとは、仲良くされてますか」

「うん、いまのところね。同棲再チャレンジなんて笑っちゃうけど、私も向こうも少しは成長したっぽい、し……」

また会話が途切れた。滑り込ませようとした言葉を遮るように、尾崎さんが強く、さっちゃん、と呼んだ。

「なんですか」

「最後だから言うね。私の自己満足が大きいんだけど、素敵だって思ったから」

「……はい」

ちょうど駅に着いてしまった。尾崎さんはもう来ないバス停のベンチに座り、隣を促してきた。大人しく座ると、満足したように笑ってまた話し始める。

「さっちゃんが二十歳になって初めてお店で飲んだ時ね、さっちゃん潰れたでしょ」

「潰れたというか潰されたというか」

「それはそれとして。私さっちゃんの住所は書類で知ってたから送ってったのね。覚えてないみたいだけど」

「覚えてないです、けど、同居人に言われて——って話はしましたよね」

「そう、けど、言ってないことがある」

ほう、としか返せない。酔い潰れている間の記憶は一年以上経ったいまも蘇っていない。けれど尾崎さんが送ってくれたのは確実だし、奴もそう言っていた。『深夜にチャイムが鳴ったから出たらお店でよく見るお姉さんがさっちゃんを引き摺って扉の前にいた』と。

「私ね、同居人さんに怒られたの。聞いた？」

「聞いてないです」

「だよね。って言ってもそんな、明確に敵意向けられたとか怒鳴られたとかじゃ全然ないんだけど」

「すみません、送ってくれた尾崎さんに怒るとか」

「ううん、や、私が悪いし」

意図が摑めず、うまく返せなかった。頭の上に疑問符が浮かんでいたのだろう、尾崎さんは俺の顔を見て噴き出した。

「『こんなに飲ませないでください』って、怒られたの。そうだよねえ、二十歳になったばっかのさっちゃんを、店の上司でもある二十二歳の私の注ぐお酒で潰したんだもん」

「いや、立ち止まらずに飲み続けた俺も悪いですし。……すみません」

「ううん。その前に、同居人さんが怒らないってさっちゃんに聞いてたからさ、全然怒るじゃんって思った。で、ひとり帰りながら、考えたんだよ。同居人さんが怒らないのは怒りの感情がないとか、懐がすごく深いとかじゃなくて、さっちゃんのすることなら怒るようなことじゃないんだろうなって」

さっちゃんは優しいから、と言ってほころんだ奴の顔が浮かんだ。これもきっと違うのだろう。奴が俺を優しいと評価したのが本質ではないように、奴が俺のすることだから怒らないというのもきっと違う。香澄さんは奴の言動を『遠慮している』と評したのだ。

けれどすべては、受け取る側の形に沿うのだろう。

「だからさっちゃんから、バイトを辞める理由を聞いて、なんかすごく納得したんだよね。お互いがお互いをすごく大切に思ってるんだなあって」

「そろそろ痒(かゆ)いんですけど」

冗談めかして言うと、尾崎さんに背中を叩かれた。照れ隠しらしい。

「でさ、いいなーって思って彼氏とそうなりたくて、向き合ったんだよ頑張ったんだよ好きだから。で、同棲再開できたので、同居人さんにありがとうとお伝えください」

「お伝えしておきます」

「うん、ありがとう。よろしく」

用件は終わったようで、終電出ちゃう、と尾崎さんが立ち上がった。腕時計を見ながら俺も立ち上がる。

改札に向かう尾崎さんの背中に、なんとなく問いかけた。

豊田の顔が浮かぶ。

「愛って、なんだと思いますか」

尾崎さんは振り返り、やはり快活な顔で笑う。

彼女の手にはすでに握られているのだろう。

「それはさっちゃんが自分で見つけなさいよ」


あれねえ、と俺の話を聞いた奴は大きく笑った。すぐに眩暈が来たらしく、暫く目頭を押さえて耐えた。

「いまだからもう言うけど、僕は本当にその尾崎さんに怒ってたんだよ」

「そんなに沸点低くねえだろお前」

「や、なんていうか察してほしいんだけど……好きな人がさ、バイト先のお姉さんに潰されてきたら、ちょっとむっとするじゃん。なにしてくれてんのって。なにしようとしてたのって」

そこで俺も大きく笑って、すぐに笑っていいのか分からなくなり真顔に戻った。顔に出ていたのだろう、笑っていいよと奴がまた笑う。

海浜公園行きのバスに揺られている。今度は十一月だから、相変わらず人気がない。前回と違うことは奴が車椅子に乗っていることと、俺が居眠りをしていないことだ。固定された車椅子の目の前の席に座り、振り返って奴と目を合わせている。

「せっかく出た外出許可、こんなことに使っていいのか」

「こんなことって？」

「俺とふたりで、海に行くとかそんなこと」

外出の許可が出たのは、病状ではなく患者の幸福に配慮した結果だと、出掛けに香澄さんがこっそり言った。奴も分かってはいるらしい。

奴は透明に笑う。

「せっかくだからでしょう」

心の底から嬉しそうな声音の反応に困って、俺は車窓に目を向ける。

バスは前回と同じ海沿いの道路上に停まった。スロープを探してしばらく歩き、砂浜へと降りる。踏み込んだ砂は柔らかかった。何度も車輪を取られそうになりながら苦労して進む俺を、奴は手を叩いて揶揄(からか)う。やっとの思いで固い砂地に辿り着いたのに、奴は頑なな声で言う。

「まだ行ってよ」

「この先は砂が濡(ぬ)れてる」

「いいから、進めて」

ハンドルを持つ手に力を入れ、車椅子を前へと進める。足元には轍(わだち)が深く刻まれ、海水が染み出してくる。波がかからない程度まで前進させても奴は納得しない。

「もっと前」

「もう限界だろ」

「進めて」

わがままにも慣れたものだ。言われた通り車椅子を前に進めて、波の端が車輪を掠めるほどの距離に停める。濡れると浸かるの境界線、ここが妥協点だ。奴もそれ以上は強(ね)請(だ)らなかった。

歩けない奴は、それほどはしゃがずに海を眺めている。その静けさが不気味で、からかうように話しかけた。

「お前ほんと、海が好きだな」

「うん、割と好きかな。家が山のほうだから珍しくて。誕生日とか特別なときに家族と海に来るのが、いっつもでさ」

いつかのように奴は素足を晒した。靴と靴下を脱ぎ、俺はなにも言わず素直に、そのふたつを受け取った。自由にさせるべきなのか、いつもと同じように窘めるべきなのか分からない。きっと正解はないのだろう。奴や奴の周囲がそうしたように、奴の望むことを叶える。

車輪に波が掛かる。フットレストを上げて、地面に下ろした奴の素足が冬の海水に晒される。車椅子はきっと錆びてしまうだろう。けれど奴は困らない。買い替えれば済む話だからだ。車椅子一台分の金で、奴は「海に入る」という望みを買った。

同じように、奴は「隣にいる俺」を買っている。

なにひとつ間違っていない。

金を提示されず、「好きだから死ぬまで一緒にいてほしい」なんて頼まれても、あの時の俺は了承しなかった。俺との関係性を、奴は金で買った。

あまりに現実的で笑いも出ない。

奴は常に最善の道を選んで、望むものを買い取った。あまりにも正しい。実際に奴は、俺を隣にいさせることに成功している。自分の願いのために金を支払った。

——分かってる、全部間違ってる。だけどそれでも良かったんだよ。さっちゃんに隣にいて欲しかったんだ。

奴はそう、言ったけれど。

「……お前は、なにひとつ、間違ってなかったよ」

弾かれるようにこちらを向いた奴の顔を、直視することができなかった。

「さっちゃんは」

ただ、届いた声は潤んでいる。

「さっちゃんは、優しいなあ」

外出届の、帰る時間は夕飯までだった。病院の夕飯は十八時半からだ。だから十七時には海浜公園を後にしなければならない。分かっていても動けなかった。奴も言及しない。

空の明るさが落ちるとともに気温が下がる。裸足の奴の体温を下げないように、持ってきたひざ掛けも毛布も、俺の着ていたダウンジャケットもカーディガンも乗せた。

寒くないの、と奴が訊くので、寒くないと答えた。嘘だとバレているのだろう。奴は声をあげて笑った。シャツ一枚で十一月の夜の海風に吹かれて寒くないわけがない。

最初の電話が鳴ったのは十九時のことだった。画面を見なくてもどこからかは分かる。

「出ないの？」

車椅子の真横に座り込んだまま、返事をしない。鳴り響く着信音はやがて途絶え、代わりに奴の電話が鳴る。

「出ないのか？」

奴も返事をしなかった。しばらくして音が止み、俺と奴は揃ってスマホを取り出す。端末横のボタンを押してミュートにして、光が溢れないようポケットにしまった。

「ドラマみたいだねぇ。逃避行って感じ」

奴は楽しそうにからから笑った。

「……じゃねえだろ」

ドラマであったなら良かった。撮影して、演技で死んで、クランクアップしたら笑って花束を受け取って、じゃあまた次の現場で、なんて。

けれどこれはドラマではなく、逃避行でもない。

逃げるべき現実はどこまで行っても隣に寄り添っている。

奴は死ぬし、次なんて永劫にない。

逃避行なんて良いものじゃない。ただの現実逃避だ。それでも縋りたかった。

この時間を持ち続けていたかった。

「ドラマついでにひとつ、さ。言っていい？」

「なんだよ」

　言われることの方向性はなんとなく想像がついて、隣の顔を見られずにまっすぐ海に視線を向けた。冬の夜の海は真っ黒で、しかも昼よりずっと荒々しいように思えた。

　さっちゃん、と呼ばれる。

「幸せになって。形なんてどうでもいいから、人を愛して。幸せの只中（ただなか）にずっといて」

「……ばかだな」

「全部あげるよ。僕の持ってるもんなんて少ないけどさ、全部あげる」

　奴の声は轟（とどろ）く波音にも遮られずにまっすぐ響く。聞こえないふりなんてできないほど。

「僕がさっちゃんの永遠になってあげるから」

「永遠の愛？」

「うん」

「冗談だよ気持ちわりいな。……永遠の愛なんて、気持ち悪い」

「死んだ命は永遠だから。さっちゃんが死ぬまで、心だけは温かいまんま傍にいてあげられるよ」

　あまりに残酷な言いようだ。そんなことのために、奴の命があるわけじゃない。

　そう思いながらも、俺の心中は否定をしなかった。

永遠なんてあり得ない。愛なんてどこにもない。

同じ状況だったとして。かつての俺ならそう断言して、奴からなにも受け取らなかっただろう。けれどいまは違う。心から信じることはできなくても、受け取ることができる。

そんなものが存在するのだと錯覚させられるほど、奴は的確に俺を温めた。

物語の最後のページをめくるように、奴は言う。

奴の言動は、すべてここに向かっていたのだ。

「そうしたら、僕が死んでも生きられる？」

まるで一足先に天に昇っていたかのような慧眼だ。ずっと前から奴は分かっていたのだろう。母の葬式を死なず終えたって、寄る辺ない俺はそのうち、きっとすんなりと自分の命からも手を離すと。あまりに正しかった。だってなにもなかったのだ。

奴のように健全な精神性も。

豊田のように守るべきものも。

自分しかなく、自分でさえ大事だと思えなかった。

垣間見た愛の結末は凄惨で。

もういい、すべて放り出そうと力を抜く俺の手を摑んだのは、紛れもなく奴の冷えた手だ。

「幸せになってほしかったんだよ。これは僕の我儘でしかなくてさ。さっちゃんにとっての恋や愛になれなくても良かった。ただ、幸せであってほしくて。自分がそのためのなにかになれたなら、どれほど——どれほど、幸せなことだろうって」

我儘だね、と奴はまた言った。

「お前が我儘なら、俺だって我儘だよ」

ポケットからスマホを取り出した。着信が何件か入っている。それら通知をすべて無視して、カメラを起動させた。ぴん、と録画開始を知らせる音がして、画面に映る奴がこちらを向く。

嫌がるでもなく。屈託なく、奴は笑った。

俺にはできない微笑み方だ。

ただ惜しかった。この笑い方が、表情が、心根が、遠くないうちにすっかり消えてしまうことがどうにも受け入れられなかった。

皮膚の薄い、真っ白になっている奴の手の下に自分の手を入れて、そっと持ち上げた。

指の一本一本からその魂を抜き取るようによく見た。奴がなにがしかを言っているが聞かない。じっと手を見つめる。そうして握る。

この感触もなくなるのだ。

何度もさすった母の手のひらを、もう思い出せないように。

すっかり大人しくなった奴に手を返すと、悲しそうに嬉しそうに、言った。まるで預言のようだった。こんな綺麗な人間だったら神様だって依り代に選びたいだろうなと、頭の隅で考える。

「ねえ。さっちゃんはきっと、泣けるよ」

「なんだよそれ」

意図を訊く代わりに照れ隠しでカメラに目線をやった。

そのまま数分撮ったところで振動とともに充電の不足が告げられた。通知を消して撮り続けると、三十秒ももたずに画面がブラックアウトする。

「充電切れちゃった？」

「切れた」

帰りどうするか、と喉元まで出て来たがすんでのところで声には出さなかった。そんなことを言ったら帰らなければならなくなる。

俺の躊躇いを窘めるように、奴が言った。

「そろそろ、帰ろうか」

返事ができなかった。帰らなかったからと言って、なにが変わるわけでもないのに。

奴の時間が延びるわけでもないのに。

「バスの時間、見てくれる？」

差し出された奴のスマホは元気に光っていて、充電はまだ八十パーセントもあった。大人しく交通情報を検索しながら、予感があった。あまりにも簡単で目に見えた予感だ。


何十年後。きょうのことを俺は、たったひとりで思い出すのだ。


帰院したのは二十二時を過ぎていて、待機していた香澄さんに俺だけが殴られた。女性に殴られたのは初めてだったが、男のそれよりずっと軽く、ずっと鋭かった。香澄さんも人を殴ったのは初めてらしく、想定外に大きい手のひらの痛みに悶絶（もんぜつ）していた。同じく待ってくれていた弓原先生の診察を受けるため奴は一足先に病室に連行され、俺は引き続き香澄さんの説教を受ける。誠心誠意謝罪をし、やっと香澄さんは病室に向かうことを許してくれた。

「香月は連絡くれたわよ。遅くなると思うけど必ず帰るから、心配しないで待っててって。心配かけたくないから父さんと母さんにはちゃんと帰って来たって口裏合わせてって」

「いつの間に……」

「最初の電話をかけてすぐ。なのにさっちゃんは一回も連絡して来なかった」

「すみません」

「いいの」

被せるように言ったそれは、許しだ。

「……本当は、ずっといいの。さっちゃんがなにをしてもいいの」

香澄さんがため息をつく。病室が近くなったから、それを最後に表情を引き締めたのが分かった。

「泣かないでくださいよ」

「泣くわけないでしょう」

本当は泣いてもいいのだと思う。けれど香澄さんがどうしても涙を見せたくないようだから、それを応援する。遠い記憶を考えた。母の病室にこうして通っていたころ。誰とも連れ立たず、ひとりで階段を上ったとき。無意識に表情を作り換えたとき。

俺は泣きたかったのだろうか。

もう随分遠く、深くに埋めた記憶だ。

ノックをして病室に入ると弓原先生はすでにおらず、奴はベッドに寝かされていた。

入室に気が付いた奴が頭を上げる。

「なんともないって。ほっぺ赤いけど大丈夫？」

「大丈夫。もう帰るよ。また明日な」

額に手を添えて奴を押し戻し寝かせる。少し体温が高い。

「なんか調子に乗って喋りすぎたかも。さっちゃん、いいんだからね」

なにが、と訊き返した。

「僕の渡すものを、さっちゃんにとっての愛にしなくたっていいんだからね。それはさっちゃんが選ぶことだからね」

やはり分からず、重ねて尋ねようとした。けれど横になっている奴はすでに眠そうだ。

「眠れそうか？」

奴は笑った。その表情を永遠に覚えていられないことが、堪らなく嫌だった。

「眠れるよ。眠れなければ、君のことを考える」


最期はあっけなく、ただ、母と違って穏やかだった。

二月の空は灰色で、いまにも降りそうなのにもったいぶって降らない雨が、隙間風に追い打ちをかけるようだった。煙突から上がる煙はすぐに吸い込まれて見えなくなる。まるで空に食われているように。

呆然(ぼうぜん)とそれを見つめた。できることはなにもなかった。

輝く宝石のような人間だった。

生来の善人なんて嫌いなはずだった。持って生まれた善性を、手放すことなく汚されることなく抱えていられた人間はただ眩しくて疎ましかった。人を恨み、そういられなかった自分が汚く惨めに思えるから。

俺はなにを持っていたのだろう。見初められるほどのなにかを、手に抱えていたつもりはひとつもなかった。

奴が俺を好いたのなんてただの偶然だ。閉鎖的な病院のなかでたまたま近くにいたのが俺だった。奴が後生大事に、その心根と同じく抱えてきてしまっただけで。本当にそれだけで。

それでも、寄り添った温度は心地良くて手放し難かった。

奴の心は暖かった。その温さだけは否定しようのない事実だった。

希少な宝石を預かっただけのことだ。

もともと俺のものではなかった、最初からなるはずもなく、なったことなんて一度もない。

それなのに、喪失感だけは明確に存在する。

俺と奴のあいだにはなにがあっただろうか。

喪失感のまえにそこに収まっていたものが、確かにあったはずなのだ。

そう、——確かに。

誰かと話すことさえ億劫で、ロビーから抜け出てひとり斎場の外壁に凭れてスマホを見ている。なにを見たいわけでもない。ＳＮＳを開けては閉じ、検索ブラウザのトップニュースを眺めては閉じる。親指が迷子のように彷徨う。

奴から月々に貰った金で買った喪服はぴったりで手触りが良くて、ただ重かった。

藤枝はずっと泣いている。湧き出る泉のように絶え間なく涙を流し、高山に肩を抱かれていた。西川の家族に遠慮してあまり病室に来られなかった藤枝はいま、やっと最大限の別れを告げているのだろう。

香澄さんは毅然としていた。時折目元を拭くことはあっても、涙を流すことはなかった。最期の病室では誰よりも声を上げて泣いていたのに。度々泣き出す西川母のことを気遣う素振りまで見せている。

彼女たちのそれぞれの強さに、俺はついていけなかった。

病室でも、いまでも、靄がかかったように悲しみが遠くにあり、涙腺が詰まったみたいに堰き止められている。

母親の葬式でもそうだった。

俺は泣けず、いつまでも泣けず、ただ骨壺を抱きしめてひとり帰宅したのだ。

抱きしめる骨壺もないいま、寄りかかるものがなにもなく、呆然と立ち尽くす自分を感じ続けるしかない。心はここにあるはずなのに。どこか遠くへ投げてしまったのかもしれない。

それが、いつからだったのかが分からない。

初めからそうだったのかもしれない。

「さっちゃん」

声を認識するよりはやく、身体がびくりと震えた。あまりにも声が違うから分かるはずなのに、奴の片鱗をなにより先に感覚が拾い上げ、感情が反応する。隣にいたのは香澄さんだった。

「係員さん、呼びに来たから」

目元が赤い彼女は、やはりそれでも気丈だった。

少し背伸びをして、俺の目元を指先でなぞる。

「泣いてるのかと思った」

「……すみません」

「どうして謝るの」

複雑な表情でくしゃりと笑った香澄さんの笑顔が奴に重なる。

奴から貰った、望外なほどの愛があった。

この感情に、どうやって折り合いをつけたら良いのか分からない。

気が付けば寝ていた。マンションにいるのだと自覚するまでに数秒を要した。身体がひどく重く、手足が鉛になったようだ。暖房の付いていないリビングは寒いのに、汗を含んでべっとりと喪服の生地が吸い付く。いますぐ脱ぎたいほどなのに脱げない。脱いだら。

脱いだら本当に、奴が消える気がした。

くだらない妄想だ。奴は死んだ。喪服を着替えようと着替えまいと、その終わりが変わるわけがない。西川家に運ばれた遺骨の代わりに、葬儀場のにおいの付いた下ろしたてのこの服を手放したくないだけだ。

起き上がり、リビングを眺める。奴が帰らなくなって久しいこの空間にも、奴の色と匂いが濃く残っていた。ダイニングセットで向かい合ってとった食事も、ソファに運ばれた熱いコーヒーも、響き渡った優しいピアノの音も。

すべて、奴がいたから成り立つ光景だった。

ソファから立ち上がる。上着だけを脱ぎ置いて、逃げるように自室に入った。奴はあまり気軽には俺の部屋を訪ねなかったから、まだ気配が薄い。

逃げられるわけがないと、夜の海で理解したはずの現実から逃げたかった。

ベッドに潜り込み頭の上まで布団をかぶる。狭い空間に線香の匂いが満ちる。

これも、やがて消える。

分かっているはずなのに惜しく思えて、縋るような気持ちで目を閉じた。

――眠れるよ。眠れなければ、君のことを考える。

ピアノの音ももう聞こえない。埃をかぶって黙り込んでいる。

まぶたのなかが涙を湛え始める。やがて保持しきれなくなった水分が、閉じたまぶたの隙間から漏れ出てきて、頬から耳へ伝って枕に吸い込まれた。息が浅く、肺が半分になったかのようにうまく吸い込めない。痛くもないのに苦しくて、無意味にワイシャツの胸元を摑んだ。

乾いた砂のような悲しみが、あとからあとからせり上げてくる。

いつかのこれは、他人事な悲しみだった。ひとつ隣の駅で自分が悲しんでいるような、どうあってもひとつになれない悲しみだった。

遠く遠くでこちらを眺めていたそれが、ゆっくりと近づいてくる。

記憶が舞い上がる。

奴との記憶のなかに、時折母との記憶が混ざる。さらに少しだけ、父との記憶が入り込む。

染み出すように感情が心を濡らす。

今更、と思う。今更悲しむのか。もう終わったことだろう。しかし思考は感情に勝らない。被せようとした蓋は簡単に押し上げられた。

母が死んだとき、悲しくなかった。ただ虚しさが広がって、感情が遠のいた。

乾いたそれが涙を吸って潤っていく。

悲しみが身体に同調してくる。やっと戻って来たそれを恐る恐る抱き締めた。

これまでのすべての悲しさが追い付いてきたのだ。ずっと見ないふりをして蓋をしていたのに、奴の死を悲しむにはその蓋を払わなければならなかった。

逃げ続けたものを受け止めなければならない。これからも生きる俺の義務だった。

目を開けても前は見えない。

こんな苦しささえ。

奴が俺にくれた。

どれくらい寝ていたか知らない。

ワイシャツとスラックスのまま、寝て、泣いて、起きて、泣いて、少しの水分と食事をとって、泣いて、また眠った。締め切ったカーテンの向こうから光が漏れていたときもあったし、帳が降りていたときもあった。スマホは見ないうちに充電が切れていて、コードを探すのが億劫でどこかへ投げ捨てた。

長い睡眠で緩く宙に浮いていた意識を現実に引き戻したのは、乱暴に鳴らされるインターホンだ。隣の来客だと対応せずにいたらうちの扉が叩かれた。防音性の高い扉の向こうで微かに声がする。モニタも見ずに扉を開けた。

「うっわ、きったな」

開口一番罵倒をする藤枝の声だけ耳に入った。目は開けていられなかった。外廊下の向こうから太陽がまっすぐ差し込んでいる。手のひらで目元を覆いながら、やっとの思いで声を出した。掠れて力ない声をしていた。

「なに……」

「なにじゃない。こっちがなに、だよ。あんたそれまさかお葬式から帰ったまま？」

押し込まれる形で玄関扉が閉じられる。そのまま自室の前まで腕を引かれ、また押し込まれる。

「なんでもいいから着替えとってきて。お風呂沸かしとくから入って」

それだけ言って、ひどく怒った様子で風呂場へ行ってしまった。なんなんだ一体。藤枝はいつも、嵐のような人間だ。

言われた通りクローゼットから適当にスウェットを出して、脱衣所に向かう。藤枝は足早にリビングへ歩き去った。湯沸かし器が風呂を溜める音が聞こえる。

のそのそと立った洗面台で、自分を見て笑ってしまった。藤枝の罵倒ももっともだ。濃い隈と雑に伸びた髭に縁どられた青白い顔面は、今にも死にそうな表情をしている。厚い皮のようになったワイシャツを脱いでから、あれほど脱ぎたくないと思っていたことを思い出した。脱いでしまえばなんてことはない。奴は死んだままだ。生き返ることも改めて死ぬこともなく。

あれから何日経ったのだろうか。

少なくとも数日ぶりに入る風呂は暴力のように俺の身体を清潔さで上書いていった。心地よさのなかに、油断すると随分溶けて小さくなった悲しみが襲い来て、無意識に涙を流させる。お湯を掬って顔に叩きつけるとどこかへ逃げてしまった。

風呂から上がりリビングに行くと、藤枝がソファで小さく座っていた。

「あんた、スマホは」

「充電切れてて。悪い、なにか用だったか」

「用はないけど。大学にも来ないし、連絡がつかないから」

「悪い。ずっと寝てた。正直、いまの日付も分かってない」

「お葬式から六日経った。初七日も終わった」

「……悪い」

「別にいい、あたしはね。それより頭回ってないからって適当に謝るのやめて」

「…………」

「ご飯食べてんの」

「……いや」

「冷蔵庫にいろいろ買ってきた。あげる」

キッチンに入り冷蔵庫を開けると、たくさんの食べ物が入ったコンビニ袋が出現していた。なかから、一番足のはやそうなプリンを取り出す。ふたつあったのでひとつを藤枝に渡すと、素直に受け取った。

藤枝はソファで、俺はダイニングセットの席について、プリンを食べる。なんだか変な感じだった。奴がいなければ、藤枝と話すことなどないと思っていた。葬式であれほど泣いていた藤枝は、いまは取り乱すことなくすっかりいつもの様子だ。少なくともそう繕えている。

「ねえ、本当にお葬式から帰ってそのままだったの？」

「……服を、脱ぎたくなくて。脱いだら本当に奴と離れる気がして。そんなことないのにな。奴が死んだときに、本当に離れたのに」

「離れてないよ」

プリンを口に入れながら、藤枝はいつもの強い口調でそう言った。俺が返せないでいると、離れてない、とまた繰り返す。

「ずっといるよ、香月は。だって一緒にいたから。香月が亡くなったのと同じに、ずっと一緒にいたことだって覆せない現実だから。忘れてくだけでね、なくなったりはしないの」

声の最後は震えていた。

ひとあしさきに食べ終わり、藤枝はソファ前のローテーブルにカップを置く。意識の先と視線が俺のほうに向く。いつもより潤った目が観察するようにまじまじとこちらを眺めて。

「あんたがそんなに、弱るなんて思ってもみなかった」

「俺も思わなかったよ」

悲しみは鋭く、しかし優しさのようだった。悲しむことで折り合いをつけ、なにかを慰めるような。ひとりで立っていなければならなかったあのころとは違う。

泣けるだけの弱さを奴がくれたのだ。

藤枝は少し迷った様子を見せたあと、言った。

「実はさ、聞いたんだよね。香月が亡くなる前に香月の口から。さっちゃんにお金払ってたって。それで一緒にいてもらってたって」

「奴はなにも間違ってない。悪くもない」

責める空気はなかったのに、咄嗟に俺の口から出たのは奴を庇う言葉だった。藤枝はからかうように笑う。

「だから責めないで、でしょ。分かるよ。あたしがさっちゃんに言ったセリフだもん。香月は悪くないよ。病気のことをさっちゃんに隠したことも、さっちゃんとのあれこれをあたしたちに隠したことも、さっちゃんをお金で買ったことも、なにも悪くない」

ふわりと笑う。奴を視界に収めたときの、穏やかな藤枝の笑顔だ。

「なにがなんでも、傍にいて欲しかったんだって」

ソファから立ち上がった藤枝は、おもむろにピアノに寄って行って、積もった埃を指先でなぞり線を描く。愛おしむように。ゆっくりと蓋を開け、一音、ポーン、と奏でた。

「綺麗なピアノだよね。香月みたい」

「弾けるのか」

「高校までやってたからそれなりにね。香月ほどうまくはないよ」

「あれ弾けるか、奴がよく弾いてた——電話の保留音の」

「愛の挨拶？」

ピアノ椅子に座り鍵盤に手を置いた藤枝は、少し迷うようにして指を動かし始めた。

旋律が聞こえる。あの曲だ。

けれど違う曲だった。

音は、きっと同じなのだろう。同じピアノの同じキーを弾いているのだからそのはずだ。技巧の違いでもない。他のなにでもない。

あれは奴の音だったのだ。

あの音ひとつひとつに、奴の命が宿っていた。

毎日何気なく聞いていた、耳に入ってきていたあの旋律は確かに、奴の一部だった。

奴にしか出せない音だった。

この曲を嫌いだった俺を、慰める速度でなだめた音。

あの指先も、優しい視線も、楽しそうな口元も、燃えて灰になったのだ。

もう、聞けない。

奴の音はどこにもない。

――お母さまは、どんな人だった？

――さっちゃんは、優しいなあ。

――そうしたら、生きられる？

――ねえ。さっちゃんはきっと、泣けるよ。

思い出せば、美しい、透過の声が聞こえる。

もう永遠に失われた心と言葉が。

母の声をもう思い出せないように、いつか本当に消えるその声が。

俺の心を確かに形づくった。

頬を涙が伝う。流れても流れても枯れることはないように思えるそれも、きっといつか枯れる。また笑うときが嫌でも来る。

ところどころ躓きながら、藤枝は弾き切ってくれた。演奏終わりにこちらを見て、微笑むような気配があった。

「ねえ、幸せになってね。香月が幸せにしようとしたんだから、あんたが幸せにならないと香月の幸せ、叶えられないから」

視界はすでになんの輪郭も見えない。目を開けていられなかった。

「奴を、幸せにしてやりたかった」

香月も同じこと言ってたよ、と藤枝の声だけが聞こえる。

「さっちゃんの幸せを、ずっと思うよって」

自分の人生なんて。自分の幸せなんて。

もう、そんなことは言えなくなった。

これ以上ない愛情と、幸せに向かい歩く義務を、俺は貰ったのだ。

目元に感触があり、藤枝の指を伝って涙が逃げていく。視界が開けて、見える藤枝の笑みが深くなった。妬けちゃうな、と呟いて。

「まるで、愛し合ってたみたいだね」

奴が俺に遺したものは抱えきれないほどあるだろう。

そのひとつが、ある電話番号だった。俺の身辺を調べたときに使った調査会社の番号だ。

奴はその慧眼を以て、俺がこれを必要とするときが来るのだと知っていたのだろう。こだわっていたものから、手を離したいと思えるときが来ることを。

父親は三県をまたいだ先にいた。

依頼を出したら一週間と待たずに入った情報では、やはり職を転々としつつ女性と暮らしているらしい。会いに行くかは迷った。このまま音信不通になって、一生会わずともいいじゃないかとも思った。

けれど最後にひとつ、聞きたいことがあったのだ。

あのとき、答えを聞き損ねたこと。

電車に乗って、途中からは車に乗ってやっとたどり着ける、山の麓の辺鄙（へんぴ）なところに父親はいた。近所の人間に聞くとすぐに分かった。やはり悪目立ちしているらしい。インターホンを押して暫く待つと、薄着のままの父親が出てきた。

「史宏？」

数年ぶりに対面する父親はそれほど変わらなかった。記憶のなかと比べて太ってもいないし痩せてもいない。ただ増えた白髪が、どことなく深くなったしわが、隔たった時間を思わせた。

父親は、嬉しそうに笑った。きっと本当に喜んでいるのだ。

「どうした。よくここが分かったな。会いに来てくれたのか？」

「なあ、父さん」

父さん、と奴が呼んだ、西川父のことを思い浮かべた。柔和な、優しい男性だ。怒鳴ったところを見たことがない。他人と、しかも西川家と比べても意味がないことは分かっている。

それでも、幼いころから何度も思い描いた、『優しい父親』と比べることはやめられない。

父とは。

母とは。

家族とは。

一体どのようなものだったか。

それは本当に俺とあなただったか？

訊くことで父親から答えが貰えるなんて、欠片（かけら）も思っていない。

「母さんと俺のこと、愛してた？」

父親は笑った。歪んでいたように見えたのは、俺の主観だ。

「愛してるに決まってるだろ」

殴った。

できるだけ躊躇いたくないと思ったが、一瞬の躊躇が威力を削いだ。よろめいた父親が怒りの形相で睨みつけてくる。反撃が来る、と思ったから、咄嗟に馬乗りになった。人を殴るなんて何年ぶりだ。拳が痛かった。殴りながら、悔しいとただ思った。これが俺の親だ。どうしようもないくずみたいなこの人間が親なのだ。殴らないではいられない、なのに殴ったところでなにも変わることのないこの生き物が親なのだ。

それでも、もういいんだ。

仕方ない。仕方がない。

俺は永遠に奴のようにはなれない。

自分の人生を生きるしかない。

痛みに怯んだのか、疲れて俺が腕を下ろすと父親は縮こまったままで反撃してこなかった。少し遠くで同居人らしい知らない女性が様子を窺っている。

「息子です」

怯えた表情が緩むことはなかった。

「もう来ません」

立ち上がる。転がったままの父親を見下ろす。

ずっと聞きたかったことだった。聞いても詮無いと思って聞かなかった。それでも人生で最後だから、答えがなくても聞かなければいられなかったのだ。

俺の生きた幼少期。

母さんの生きた最期。

——あれが愛だったのか。あんな醜い感情が愛だったのか。

ずっと聞きたかった問の答えは、父ではなく奴がくれたのだ。

あんなものは愛ではなかったと、納得していま、涙する俺自身が答えだった。

踵を返して家を出た。父親はなにも言わなかった。そのまま道路に出る。振り返りもしなかった。もう二度とここには来ない。電車に乗って、マンションに帰って、俺は俺の場所に戻る。

もう二度とここには来ない。

車を置いたのは近くのコンビニだった。助手席の窓をノックすると、涼花と遊んでいた豊田がドアロックを解除した。無言で乗り込む。

「泣いてるし」

優しさ半分、からかい半分の声音で豊田が笑う。後部座席から涼花まで乗り出してくる。

豊田たちの家が、ちょうどここまでの中間地にあったのだ。父親の居場所を告げたときに、寄りなよ、と提案してくれたのは豊田のほうだった。車まで出して、ここまで着いてきてくれた。

「泣いてねえよ」

「いや泣いてるっしょ」

膝の上に、涼花がビニール袋を置いた。問うように振り返ると、四年前よりずっと柔らかく笑い、よく喋るようになった少女が微笑んだ。

「おにぎり、と、あまいもの。泣いたら、お腹が空くから」

ありがとう、と涙を拭きながら、震える情けない声でつぶやくと、涼花は嬉しそうに、お返しだから、いいよ、と言った。

豊田が勢いよくエンジンをかける。

「よっし、じゃあ帰るか！」

車はコンビニの駐車場を出て、幹線道路へと入る。遠ざかるのは町だけではない。

会いたかった。愛されたかった。嫌いだ会いたくないと言いながら、ずっと心の底で甘えたい気持ちがあった。断ち切れなかっただけで。愛されるはずだと思っていたかっただけで。

　もう、諦めた。

　諦めることができた。

　奴がくれたもので満たされたから。


　奴が一方的に手渡してきたものは、俺が愛だと認識しない限りはただの妄執で、愛にはなりえなかった。

　父親が、無自覚でも自覚的でも、渡してきたあれは俺にとって愛ではなく。

　母親が、暴力的な父親に縋りながら、差し伸べてくれた手は俺にとっての愛だった。

　全部、俺が愛だと思えば愛だし、愛だと思わなければ愛ではない。

　傍に居たいと思って奴の隣に居座った俺の一方的な行いも、奴が愛だと思えば愛だったのだ。もう、尋ねる術はないけれど。

　その認識が正しいと思うことは、傲慢ではないと思う。

　そうだよな、と思わず口に出しても、返る音はなにひとつない。

　西川邸は洋風だったが、奴の墓は普通の日本式だった。ただやはり、あり得ないほど大きい。西川香月之墓と刻まれたその石の下に奴の骨が収められているとしても、奴がここにいないことは明白だ。それでも、なにかを語りかけずにはいられなかった。

傍らに立つ香澄さんが笑う。その透過の笑みにほんの少し痛みを感じて、けれど以前ほど鮮烈ではないことを自覚する。これからについての予感がある。

「次に会えるのはゴールデンウィークかしら」

「そうですね、分かんないけど。できるだけ帰ってきます」

「冗談。いいのよ」

さっちゃんはいいの、と香澄さんは言う。

「いいの、どこへ行っても。ここに帰ってこなくても。香月は十分幸せにしてもらえたから」

香澄さんの言葉に、俺はなにも返せなかった。

肩にかけていたリュックを背負いなおす。随分増えた荷物は段ボール十個にさえ入り切らず、宅配便ではなく引っ越し業者を使った。

先日、豊田から画像が送られてきた。涼花が春から通う中学の制服を着てポーズを取っていた。結局、彼女を養育する権利は豊田が勝ち得たらしい。寡黙で笑顔の少なかった小さな女の子は大きくなり、随分としなやかに笑っている。

あまりに長く、柔和で、それでいて残酷なほど短い時間が経ったのだ、と思う。

奴の墓に背を向けて歩き出す。

三月が終わる。

俺と奴の五年が終わる。

生きているのは俺だけだから、進んでいくのも俺だけだ。一年後、十年後、二十年後、ここに戻ってくる保証はない。俺はまたどこかへ行くかもしれないし、生きているかも分からない。奴ではない誰かをいつか、愛するのかもしれない。

手を、離していく感覚があった。まだ早いと思いながら、止めようとするのも無意味なのだと思う。奴がいない世界でも、思わず笑ってしまうことを止められないのと同じで。

火が勢いをなくしていく片鱗は、すでにこの心にある。奴への愛を、一生、同じ温度で持ち続けるなんて、本当はきっとできない。

それでも、火の落ちた焚火(たきび)でも、その跡だけは消えることがないように。

俺は一生奴と生きるのだろう。薄れていくことがあっても、失くすことはない。

奴は、愛と呼べるものを渡してくれた。

いまはただ。いや、きっとずっと。

奴に会いたい。

それが証明だ。消えることのない砂の城を、ずっとこの手に持っている。

あとがき

投稿作『透過色彩のサイカ』は、作家を目指して書く最後の小説になるはずでした。これを最後にやめよう、と思っていました。十年やってきたから、書くことはもうやめられなくても、作家になりたいと願いを込めて書くのは最後にしようと。

そんな小説が、これまでどうしても突破できなかった二次も三次も最終選考も乗り越えて受賞し、本作『君が死にたかった日に、僕は君を買うことにした』になりました。まだまだ未熟ではあるけれど、せっかくここまで来られたので、行けるところまで、歩いて行こうと思っています。

主人公の坂田(さかた)は、うわごとのように同じ疑問を繰り返します。

愛とはどんなものであったか。

最後に坂田の出した答えは、万人にとっての正しさではありません。坂田にとって正しい答えであり、すべてを間違えた西川(にしかわ)にとってそれでも正しい、それぞれの答えです。

私の答えはまだ、この手に持っていないけれど。これから、こうして贈られた人生の中で、考えていけたらいいなと思っています。

大切に、いつまでも心の奥に仕舞っておける優しくて穏やかな形を。

あなたの答えを、どうか私と一緒に、探してください。

本作は第二十九回電撃小説大賞にて、選考委員奨励賞を頂戴しております。

選考、出版に携わってくださったすべての方々に、篤く御礼申し上げます。

この作品を見出してくださった編集部および選考に携わってくださった皆様、評価してくださった選考委員の皆様、坂田と西川に素晴らしい姿を与えてくださった円陣闇丸先生、この小説を最高の形でみなさまにお届けできるよう、様々にご尽力くださった担当編集Y様。

私に小説の書き方を教えてくれた友人A、高校の文芸部で初めて人前に出した小説を読んでくれたみんな、顧問の先生、お祝いの言葉をくださった職場の方々、いつも一緒に笑ってくれる家族。

なにより、読んでくださったあなたさまへ。

本当に、ありがとうございます。

そしてまた、お会いできますように。

成東志樹

<初出>

本書は第29回電撃小説大賞で《選考委員奨励賞》を受賞した『透過色彩のサイカ』に加筆・修正したものです。

この物語はフィクションです。実在の人物・団体等とは一切関係ありません。

◇◇ メディアワークス文庫

君が死にたかった日に、僕は君を買うことにした

成東志樹

2023年7月25日　初版発行

発行者　山下直久
発行　株式会社KADOKAWA
〒102 - 8177　東京都千代田区富士見2 - 13 - 3
0570-002-301（ナビダイヤル）
装丁者　渡辺宏一（有限会社ニイナナニイゴオ）
印刷　株式会社暁印刷
製本　株式会社暁印刷

Printed in Japan
ISBN978-4-04-914861-9 C0193

メディアワークス文庫　https://mwbunko.com/

本書に対するご意見、ご感想をお寄せください。

あて先
〒102-8177　東京都千代田区富士見2-13-3
メディアワークス文庫編集部
「成東志樹先生」係

◇◇◇

第29回電撃小説大賞《メディアワークス文庫賞》受賞作

さよなら、誰にも愛されなかった者たちへ

塩瀬まき

ただ愛され、必要とされる。
それだけのことが難しかった。

賽の河原株式会社——主な仕事は亡き人々から六文銭をうけとり、三途の川を舟で渡すこと。それが、わけあって不採用通知だらけの至を採用してくれた唯一の会社だった。

ちょっと不思議なこの会社で船頭見習いとしての道を歩み始めた至。しかし、やってくる亡者の中には様々な事情を抱えたものたちがいた。

三途の川を頑なに渡ろうとしない少女に、六文銭を持たない中年男性。奔走する至はやがて、彼らの切なる思いに辿り着く——。

人々の生を見つめた、別れと愛の物語。

メディアワークス文庫

君が最後に遺した歌

一条岬

続々重版『今夜、世界からこの恋が消えても』著者が贈る感動ラブストーリー。

田舎町で祖父母と三人暮らし。唯一の趣味である詩作にふけりながら、僕の一生は平凡なものになるはずだった。

ところがある時、僕の秘かな趣味を知ったクラスメイトの遠坂綾音に「一緒に歌を作ってほしい」と頼まれたことで、その人生は一変する。

“ある事情”から歌詞が書けない彼女に代わり、僕が詞を書き彼女が歌う。そうして四季を過ごす中で、僕は彼女からたくさんの宝物を受け取るのだが……。

時を経ても遺り続ける、大切な宝物を綴った感動の物語。

嘘の世界で、忘れられない恋をした

一条 岬

『今夜、世界からこの恋が消えても』
著者による過去と未来を繋ぐ希望の物語。

余命１年の宣告を受けた高校２年の月島誠は、想いを寄せる美波翼に気持ちを伝えられない日々を送っていた。でも、それでいい。そう思っていたある日、誠は翼から映画制作部に誘われ、事態は思わぬ方向に転がり始める。

活動を重ね互いに惹かれ合う二人だったが、残酷にも命の刻限は確実に迫っていた。そこで誠は、余命のことを知らない翼が悲しまないよう、ある作戦を実行するが――。

映画を通じて心を通わせる少年少女たちを描いた、感涙必至の青春ラブストーリー。

メディアワークス文庫

その冬、彼は遅すぎる初恋をした。
これは、〈虫〉によってもたらされた、
臆病者たちの恋の物語。

恋する寄生虫

三秋 縋
イラスト／しおん

「ねえ、高坂さんは、こんな風に考えたことはない？　自分はこのまま、誰と愛し合うこともなく死んでいくんじゃないか。自分が死んだとき、涙を流してくれる人間は一人もいないんじゃないか」

失業中の青年・高坂賢吾と不登校の少女・佐薙ひじり。一見何もかもが嚙み合わない二人は、社会復帰に向けてリハビリを共に行う中で惹かれ合い、やがて恋に落ちる。

しかし、幸福な日々はそう長くは続かなかった。彼らは知らずにいた。二人の恋が、〈虫〉によってもたらされた「操り人形の恋」に過ぎないことを――。

発行●株式会社KADOKAWA

メディアワークス文庫

いなくなる人のこと、好きになっても、
仕方ないんですけどね。
三日間の幸福
三秋 縋
イラスト／E9L
どうやら俺の人生には、今後何一つ良いことがないらしい。
寿命の"査定価格"が一年につき一万円ぽっちだったのは、そのせいだ。
未来を悲観して寿命の大半を売り払った俺は、
僅かな余生で幸せを掴もうと躍起になるが、何をやっても裏目に出る。
空回りし続ける俺を醒めた目で見つめる、「監視員」のミヤギ。
彼女の為に生きることこそが一番の幸せなのだと気付く頃には、
俺の寿命は二か月を切っていた。
ウェブで大人気のエピソードがついに文庫化。
（原題：『寿命を買い取ってもらった。一年につき、一万円で。』）

嘘つきみーくんと壊れたまーちゃん 完全版

幸せの背景は不幸

入間人間

彼女はクラスメイトで、聡明で、
美人で、僕の恋人で――誘拐犯だった。

「君を世界で一番×してる。……嘘だけど」

　クラスメイトの御園マユ。まず第一に、とてつもなく美人。他人を寄せつけない孤高の存在。そして、これが大事なんだけど……実は僕の恋人。

　――そう、表向きは。

　最近、小学生の誘拐事件が街を騒がせているらしい。

　僕はずっと不思議なんだ。マユ……いや、まーちゃん。

　君はなぜあの子たちを誘拐したんだろう。

　すべての読者を騙し、慟哭と衝撃の真実を突きつけるミステリーが、完全版で蘇る。

恋に至る病

斜線堂有紀

斜線堂有紀
恋に至る病
メディアワークス文庫

僕の恋人は、自ら手を下さず150人以上を自殺へ導いた殺人犯でした――。

やがて150人以上の被害者を出し、日本中を震撼させる自殺教唆ゲーム『青い蝶』。

その主催者は誰からも好かれる女子高生・寄河景だった。

善良だったはずの彼女がいかにして化物へと姿を変えたのか――幼なじみの少年・宮嶺は、運命を狂わせた“最初の殺人”を回想し始める。

「世界が君を赦さなくても、僕だけは君の味方だから」

変わりゆく彼女に気づきながら、愛することをやめられなかった彼が辿り着く地獄とは？

斜線堂有紀が、暴走する愛と連鎖する悲劇を描く衝撃作！

第26回電撃小説大賞《選考委員奨励賞》受賞作

そして、遺骸（ゆいがい）が嘶く（いなな） —死者たちの手紙—

酒場御行

戦死兵の記憶を届ける彼を、人は“死神”と忌み嫌った。

『今日は何人撃ち殺した、キャスケット』

統合歴六四二年、クゼの丘。一万五千人以上を犠牲に、ペリドット国は森鉄戦争に勝利した。そして終戦から二年、狙撃兵・キャスケットは陸軍遺品返還部の一人として、兵士たちの最期の言伝を届ける任務を担っていた。遺族等に出会う度、キャスケットは静かに思い返す——死んでいった友を、仲間を、家族を。

戦死した兵士たちの“最期の慟哭”を届ける任務の果て、キャスケットは自身の過去に隠された真実を知る。

第26回電撃小説大賞で選考会に波紋を広げ、《選考委員奨励賞》を受賞した話題の衝撃作！

メディアワークス文庫

魔女の娘

冬月いろり

どうしようもなかった。生まれた家も、魔法が使えないことも。

著名な魔女を母に持ちながら、魔法が使えない「失くし者」の少女・帆香。旅に出たまま姿を消した母の手紙に導かれ辿り着いた「魔法のレンタル屋」で、月額9万8000円と引き換えに魔力を借りられることに。母の面影を追い、憧れの魔法学園に入学した帆香だが、ひょんなことから早々に「失くし者」であることがばれてしまう。魔力を持たない「失くし者」にも関わらず、なぜか魔法を使える彼女に、クラスメイトが向ける視線は冷ややかなものだった。

そんな中、生徒が次々と魔力を奪われる謎の事件が勃発。犯人の疑いをかけられた帆香は、クラスでただ一人帆香の秘密と無実を知るレンタル屋の息子・千夜と共に、自ら犯人探しに乗り出すことに——。